私たちの星で

梨木香歩
師岡カリーマ・エルサムニー

私たちの星で

岩波書店

初出＝『図書』二〇一六年一月号〜二〇一七年八月号
＊単行本に収録するにあたり、若干の加筆、修正を加えた。

目次

I

共感の水脈へ

師岡カリーマ・エルサムニーさま

枯れ葉の積もった夜の庭に、雨が降り始めたようです。

照明を落とした部屋のなかでは、以前教えていただいたアラブの若手歌手、ムハンマド・ムフスィンの歌が流れています。夕暮れの近づく砂漠のアザーンにも似た、この切々とした唄を初めて聴いたときの衝撃は、今でも忘れられません。思わず涙さえ滲んできたのは、この二十六歳の詩人のつくった詩の翻訳を読みながら聴いていたせいもあったのでしょう。タハリール広場のあの感動的なデモから始まったエジプトのすさまじい変革期、巨大なうねりのなかで、詩人たちがどれほど民衆の思いと響き合うような詩作を、リアルタイムで、命がけで続けていたか、このムフスィンの歌声を聴くにつけ、粛然とした思いになることです。今、流れているこれは、革命で命を落とした若者たちへの哀悼の歌。

私は不遜にも、自分のアイデンティティは詩人、などとつい最近まで思い込んでいましたが、それは単に「そういう傾向」をもっているというだけであって、時代のなかに在って心も体も「詩人であることを生き切っている存在」をよく知らなかったのだ(だから何の躊躇《ためら》いもなくそう言えたのだ)とそのとき思ったのでした。詩がアラブ文化の核心に位置するリアリティや、エジプトの人びとの――そのユーモア感覚も含めて――ことばの持つ力への絶対的な信頼は、単調で力強い調べになって、今でも私のなかの根源的なものへ響いてくる、海の波のように、繰返し、繰返して。

先だってはおかあさまの師岡さんとお会いできて、とても楽しく、ありがたく存じました。けれどいろいろ、面食らったりされたのではないかと恐縮しています。なんだか私は、自分自身のノスタルジーもあってか、「若い頃に知る人とてない異文化圏に飛び込んでいく」という類いの話に、妙な感傷をもっているらしいのです(幼いカリーマが、自分なりに文化の違いをやりくりしつつ、エジプトと日本を行き来していた話を読むにつけても、じんとしてしまうほどです)。昔と較べれば、ヒジャーブ姿の人をよく見るようになってきた今の日本ですら、単身ムスリム社会に入っていく人はそう多くない。ましてや四十年以上も昔となると、遥かに社会はイスラームへの理解に乏しかったことでしょう。それで、師岡さんにお会いする前からすでに「じんと」していたわけです。けれど、入信された動機についてお伺いしたとき、師岡さんは、「建物がすてきだなあと思って(東京のモスクに)入ったら、そこの人たちがごく自然に接してくださって、普通にその空気になじんで、通うようになりました」とさりげない日常生活の延長のようにおっしゃった。同じ年代の方たちと、和気藹々、青春を謳歌できて楽しかったのだとも。

私はさぞかし、クルアーンの教えに心打たれた若き日の師岡さんが、強い信念をもって入信されたかと思い、そういうお話が聞けるものと、無意識に「待ち構えて」いたのを、すっかりお見通しで、「ですからね、すごい勇気と覚悟で、っていうわけではなかったんですよ」と、いたずらっぽく微笑まれたとき、ああ、師岡さんは私がしたようなステレオタイプの質問を、これまで無数に受けて来られたのだなあ、と恥じ入ったことでした。

文化の垣根は、それを高いと思うか低いと思うか、接してみないとわからない。けれど、自分の国の文化だって、そもそもほんとうにわかっているのかどうか怪しいものです。

先日、外国暮らしの長い友人が、会うなり不安そうな声で、「最近日本に帰るたび本屋を覗いて唖然とする。なに、あの「日本はすごい」っていう本の多さ……。いったい、どうなってるの、この国は……」といっていたのを思い出します。たまに帰国するとその変化がよくわかるのでしょう。

以前、テニスの錦織圭選手がある異国の強豪選手に勝利したときのことです。その翌日、たまたまつけたテレビから耳に飛び込んできたのは、錦織選手の快進撃に興奮したキャスターの、「やっぱり日本人は素晴しいんだ！」という叫び声でした。

一瞬あっけにとられ、それから空恐ろしくなりました。この試合において素晴しいのは錦織選手個人であって、日本人すべてではない。「同じ日本人として誇りに思う」ならまだわかる。どうしてこう、いとも容易く短絡的に、帰属集団に個人のアイデンティティを丸投げし、とどのつまりは自らの優越欲求を満たす手段にしてしまうのか。何かことあるごとに「日本人は偉い」と大声で叫ばなくてはいられないほど「日本人」は自信を失い、コンプレックスに打ちひしがれているのか。

ここまで書いてきて、今、あることに気づいて、愕然としています。私は今、反語的に「そこまで自信を失っているのか」と書いたけれども、私たちはもしかしたら、自分でもまさかそこまで、と思うほどに実はほんとうに自信を失っているのかもしれない。グローバリズムという名のもとに、アメリカナイズされていく本来もっと多様であったはずの世界の、これは日本で涌き上がっている分の悲鳴なのかもしれない。「日本のこんなところがクール」などという見出しを見るたびあきれていたけれども、今までの時代に類を見ないほど急速に世界が接近してきた今、私たちの日本人アイデンティティは、そうやって確認し、鼓舞し続けなければならないほどに、実は秘かに追い詰められているのかもしれない……。

何か道があるはずだと思うのです。自分自身を浸食されず、歪んだナショナリズムにも陥らない「世界への向き合い方」のようなものが、私たちの日常生活レベルで。

昨日丹波のつくね芋が届きました。それで、夕べはとろろ汁をつくりました。すり下ろしたとろろに、だし汁を加え、混ぜ合わせていく、シンプルこの上ない、とにかくしんぼうづよく丁寧に為終《しお》えるだけが身上の料理で、私はカリーマが、台所でタヒーナをつくってくださったときのことを思い出していました。真剣に、一心不乱に、クリーム状になった胡麻とレモン汁を少しずつ、少しずつ、混ぜ合わせていた。本来違う性質のものたちを、案配を見ながら、分離していかないように、調和のうちに溶け込ませていく。細心の注意を払って、少しずつ、少しずつ。

早さや量に重きを置くのではない。それは、何グラムとか、何分、とか、そういう数字で測れるものではなく、こうやって人から人へ、気配と呼吸を感じながら伝わっていく「営み」なのだと、あのとき感銘を受けたものでした。

エジプトの料理は、難しいわざや複雑なレシピとかとはあまり関係なく、ただ人の根気と愛情がいっぱい入っている、だから、体にも心にも優しいものなのだ……。以前にお聞きしていたこのことばが、文字通りあのとき、血肉を通して、甦ってきました。

私はそういうふうに、たとえばイスラームに、アラブに近づきたい。付き合いながら合点していく友人の癖や習慣を知るように、絶えざる関心の鍬を持って、深い共感の水脈を目指したい、そう願っています。

カリーマ、前回お会いしてから少し間があいてしまいました。お元気ですか。そして今、この星のどこにいますか。私はいつまでも雨の続く東京にいます。いよいよ公としていくこの文通が――ときにお互いが手の届かないほど遠くにいるように思え、途方に暮れるようなことがあったとしても——共に新しい地平を遠望し、そのことを信じ、かつ志向していくものになりますように、と、心から祈りつつ。

梨木香歩

2　行き場をなくした祈り

梨木香歩 様

緑豊かな東京のお宅で雨音を聴きながら綴ってくださったお手紙を頂いたとき、私は二年ぶりに降り立ったカンカン照りの古巣カイロにいました。十日間という短い夏休みでしたが、少女時代を過ごした土地というのは、すぐに馴染んでしまうから不思議ですね。かつてはいやでいやで、とにかく早く飛び出したくて、大学の卒業試験の結果さえ待たずに別れを告げた街なのに、どうしてこんなに居心地が良いのだろうと驚きました。

特に今回は、これまでにない不安を抱えてのカイロ入りでした。エジプトでは以前から、シナイ半島やリビアとの国境に近い西部砂漠などで、ダーイシュ(自称イスラーム国、IS)の息がかかった過激派グループが活動し、軍による掃討作戦が展開されていますが、ここ数カ月の間に、カイロの街中《まちなか》でも爆弾テロで死傷者が出たり、外国人が誘拐されたりするような事件が連続して起こっていたのです。まさかエジプト国内で、と思うような出来事に戦慄を覚えるとともに、本当に今エジプトに行くべきだろうかなどと不安になってしまう、これは報道を通してしか状況を知ることができない国外の人なら当然ですが、現地に家族も友達もいるエジプト育ちの私まで、「生きて東京に帰れるかな」などと情けないことを言っていたのですから、メディアの威力と恐怖の伝染力は大変なものです。

実際に行ってみれば、そこはいつもと変わらない喧噪の街、カイロ。暑くて、埃っぽくて、道路はいつも渋滞しているから、ちょっと出かけるだけでも大変なエネルギーを消耗します。でも店は深夜まで営業していて、中世から続く市場がある世界遺産のイスラーム地区も、新興住宅街の商店やレストランも、買い物客や家族連れでごった返し、治安の悪化など微塵も感じられないのです。にもかかわらず、最大の収入源である観光客の足は遠のき、経済は停滞したまま。やりきれない思いがありましたが、私自身は杞憂が解消されて、活動範囲を狭めることなく、懐かしいカイロの休日を満喫することができたのでした。

もう「アラブの春」という言葉もほぼ死語となり、いやむしろ忌み嫌われる言葉となり、かつての千万人蜂起が幻だったかのようにすべてが元に戻って、負の遺産として経済危機だけが残ったエジプト。いつか香歩さんにおすすめした、ムハンマド・ムフスインが歌う革命の挽歌さえも、行き場を失ってしまった感があります。「ネドイルコ（わたしたちはあなたがたのために祈る）」というタイトルでしたね。誰かのために祈る、とは、「シュクラン《ありがとう》」という出来合いの挨拶では表現しきれない深い感謝を表す言葉です。ここでは、腐敗した政権や不平等な社会、治安当局による人権侵害などに抗議の声を上げ、そのために命を落とした若者たちへの感謝の言葉として歌われています。その犠牲の上に、これからはより良い社会が築かれるだろう。そんな一見無邪気な希望の隙間から、現状に対する挫折感と、それでもやり遂げてみせるという挑戦的な決意とが、光と影のように差し込んでくる、だからこそ一言一言がナイフのように胸に突き刺さる、若者らしい詩でした。

肩車で讃えられる人々よ
流されたその血に声高々と哀悼を捧げ
わたしたちはあなたがたのために祈る
おかずのあるパンとおかずのないパンと

田舎の国語の授業が
あなたがたのために祈っている
未知なるわたしの息子と
治療を受けられるようになったわたしの母と
牢獄の敷地が空くときにはその土地もきっと
あなたがたのために祈るだろう
起こらなかったすべての不正と
沈黙させられなかったすべての真実が
警察署から消えるすべての痛みと
体に残されなかったすべての傷跡が
あなたがたのために祈るだろう

ほんの数行に現代エジプトの苦悩をすべて凝縮した、痛いほどに美しいこの詩が「行き場をなくしている」と言いました。それはおそらく、中東のあちこちで混乱と暴力がエスカレートするなか、先の「革命」をなかったことにしたい勢力と、ゼロからやり直したい勢力とがにらみ合い、その陰で、苦しい生活に黙って（またはエジプト人らしく、笑って）耐えている底辺の人々の不満が蠢《うごめ》いている無音の騒がしさが、今のエジプトには感じられるからなのだと思います。だから、挽歌を口ずさんで感傷に浸っている余裕は誰にもないと……ごめんなさい、不本意にも最初のお手紙から、不穏な話になってしまいました。

日本人は今、自信を失っているのではないか。それは時に、歪んだナショナリズムとなって表面化するのではないか……。そんな不安が香歩さんのお手紙から感じられました。実はエジプトでも同じようなことが起こりつつある、そうお伝えしたくて、その背景から始めようと思ったら、思わぬ方向に話が進んでしまったのです。ムバーラク大統領を辞任に追い込んだ民衆蜂起の際、勝利の瞬間が近づいたと予感した若者たちは、「頭を上げろ、君はエジプト人だ」というシュプレヒコールを繰り返しました。不正のはびこる社会で傷つきまくっていた自尊心がはけ口を見つけた瞬間でした。ようやくエジプトの長い夜が明けたと思われた当時は感動を呼んだこの言葉も、今になってみればなんと空虚に響くことでしょう。「わたしたちにもできた」という達成感が、地域情勢や外の世界との摩擦に揉まれて、なんと無残なナショナリズムにとって代わられたことでしょう。いや、正確に言えば、あの時一度は変革の第一歩をやり遂げた人たちは、挫折を舐めてもナショナリズムに浸ってなどいません。あの時何もしなかった人たちほど、「ほら、言わんこっちゃない。あのデモはやはり欧米諸国の陰謀だったんだ。おかげで国はめちゃくちゃだ。これからのエジプトは、誰がなんと言おうと我が道を行くんだ」と、劣等感の裏返しでしかない愛国心を振りかざすのです。

日本はどうでしょうか。私にとって話しにくいテーマです。このところ私は、日本人批判と受け止められそうな発言を意識的に控えるようになっています。私の発言に不快感を示す人が少なくないからです。普段は日本社会に批判的な人でも、私が問題と思うことを指摘すれば「それはね、こういう文化的背景があるのですよ」と諭す。「あなたは日本を知らないから」と言われたこともあります。私を日本人と見なしていないからだと思うのです。外国人に自分の国を批判されたら、誰だって不愉快ですから、責めることはできません。そう納得がいくのは、アラブ人は逆に、私といるとアラブの悪口で大いに盛り上がるからです。アラブ人の方が自己批判能力に優れていると言っているのではありません。アラブ人も外国人相手ならアラブを弁護するし、欧米諸国の欲にまみれた中東政策を雄弁に糾弾します。でも私が相手だと、アラブの偽善と怠慢を嘆き、さらにそれがエジプト人なら、エジプトの救いがたさを力説する。それは彼らが、私を同じエジプト人、同じアラブ人と見なしているからで、きっと私の在り方にそう思わせるものがあるのでしょう。シリア人の同僚に「君は偉いなあ、日本人並みに日本語が話せて」と言われたほどです。ならば日本人が私を外国人と見なしても仕方がありません。私は他者として日本のあら探しをしているわけではなく、自分の国でもあるからこそ理想があるのですが、必ずしもそう理解されないのなら、気を悪くされるよりは黙っていよう。そう思うようになったのです。神経質すぎるとも、無責任とも言われるでしょうし、私自身そう思わないでもないのですが、錦織選手の試合に対するキャスターのコメントを香歩さんが「空恐ろしい」と言うとき、私が「そうなんですよね！」と同調しないのは、必ずしも香歩さんの思いを共有しないという意味ではなく、「純粋な日本人と同様の日本批判を私がする資格はない」というブレーキが私の中で作動するからなのです。しかしこれは、恐らく日本に限ったことではないでしょう。

「幼いカリーマがエジプトと日本を行き来していた話を読むにつけても、じんとしてしまう」とおっしゃったあたたかい眼差しの香歩さんのこと、カリーマは今も微妙な立場と葛藤しているのね、とまたじんとしてくださっているかもしれません。でも今の私には、一見中途半端なこの立ち位置がちょうどよいのです。日本で幼稚園に通っていたころ、ある日友達の家に遊びに行ったら、たまたまお父さんがいました。「わあ、このうちは、お父さんとお母さん、二人とも日本人なんだ。それってとっても生きやすそうだわ」。子どもも心にそう思ったのが昨日のようでもあり、別人のようでもあります。……ごめんなさい。また脱線してしまいました。本当は香歩さんのお手紙に出てきた、タヒーナの話がしたかったのに。字数制限があるのは、幸か不幸か。次回、ゼロから仕切り直しといきましょう。

師岡カリーマ・エルサムニー

3 変わる日本人、変わらない日本人

師岡カリーマ・エルサムニーさま

　カイロに帰ってらしたのですね。治安への不安が杞憂に終わり、楽しい時間をお持ちになられた由、こちらまでほっと胸をなでおろすような気分になりました。

　とはいえ、一時は「アラブの春」と色めき立ったカイロの空気は、まったく何事もなかったように以前に逆戻り、どころか観光客の激減で前より一層経済の停滞が懸念されている……とのこと。ムバーラクからムルスィー、そしてスィースィーへと、今なお予断を許さない激動の時代の、一方では常にどこかしらの歩道で店が開かれ、鳩売りのおばさんは頭に籠をのせ、陽だまりの店先でおじさんたちは水タバコを吸っている……。二〇一〇年十二月の初旬、チュニジアでジャスミン革命が始まる直前、エジプトへ行ったときに出会った心優しい、まったく戦闘的でない人びとの顔を思い浮かべると、すぐに日常に戻る力が働くこともまた、自然のような気がします。いえいえ、むしろ、政治的なことの水面下で行われていた、これは絶えざる日常と非日常の闘いの一コマなのかもしれませんね。昨年(二〇一五年)十一月、パリの同時多発テロの翌日、外出抑制令の出た日、人びとが日常を守ろうといつもと同じように事件現場近くの喫茶店のテラス席でコーヒーを飲み、新聞を読んでいた、そういうどこかヒロイックで意志的な日常演出よりも、ずっとずっと深い水面下での。

そのときの旅では、ここまで権力に怯えているんだ、とエジプトの人びとの耐えている抑圧をわが身のことのようにひしひしと感じた出来事もあり(これはそのうちまたきちんと書くかもしれません)、だからこそ、彼らがとうとう立ち上がった、と知ったときは、ああ、ついに、と、善良この上ないダジャレ好きのムハンマドさん(交渉人として長い旅を共にしてくれ、私の仕出かした「権力への楯突き」? を収めようと、土下座までして相手に謝ってくれた)の笑顔を思い浮かべ、祈るような思いでいたので、彼らのデモのシュプレヒコールの一つが「怖くない! 怖くない!」という必死の声であったと(ご著書の『変わるエジプト、変わらないエジプト』で)知ったときは、そうだろうそうだろう、怖かっただろう、でも頑張ったんだ、と、なんだか泣き笑いするような気持ちになったものでした。怖くない、怖くない、のニュアンスには、ユーモアとともに本気の恐怖も含まれていて、それから本格的にデモが長引くと、いよいよ人びとのユーモア感覚が爆発し、次から次へと創作ジョークのようなスローガンが花咲いていったという……。

さてこれは日本のことです。昨年九月、いよいよ大詰めが近づいた安保法案反対集会の一夜、私も友人とともに国会周辺にいました。仮設壇に立った識者の女性が、高らかに「私たちの声を、国会にぶつけましょう！」と叫んだとき、それに呼応して「おおー」という、参加者の熱い声が響きました。その直後、道に溢れようとする人びとを制していた若い警察官が、至極冷静な、けれど親身な、と受け取れないこともない仕草で、「はい、ぶつかったら危ないですから、そこ、もう少しうしろへ」。思わず脳裏に、「声」が、国会へぶつけられる途中で間違って人びとにぶつかってしまった図(?)が浮かび、吹き出して、それから辺りを窺いました。顰蹙《ひんしゅく》は買っていなかったようですが、でも笑っている人もいなかった。「場」はきりきりと排斥的になっているわけでもなかったので、笑う人がいてもおかしくはなかったのですが、ただ、そのときはいなかったのです。けれど、「笑う人がいてもおかしくなかった」と思えるところが、一昔前のデモとは、明らかに違っていました。何かが寛容で、それは多くの、本来闘いのスタイルを持たない人たちが、自分自身と対話しつつやってきた、というあのデモ全体の印象と無縁でないような気がしたのです。「民主主義ってなんだ?」「これだ!」という、若い人たちの頼もしいシュプレヒコールが、その後、手紙でお書きになっていた、「頭を上げろ、君はエジプト人だ」と繰り返していたというエジプトの若者のシュプレヒコールと重なっています。あのときから、日本もエジプトも状況は変化しつつあります。状況だけではなく、何かもっと、国民の本質のようなものが、少しずつ変わりつつあるような気がします。けれど時の流れとは、つまりこういうものなのでしょうか。実は常にずっと変わりつつあるのだけれど、それが顕在化するためには、こういう「ハレの場」が必要とされるということなのでしょうか。

ともかくも、ご無事で日本に帰られてよかった。

帰国する国を二つ持っているって、うらやましい気がします。なになに? 日本の批判はしないことにしている? 理由を読めば、その内容(ご自分はどうもアラブ人性が勝っているのではないか、つまり日本人には外国人のように思われているのではないか、というような)とは裏腹に、ううむ、これ自体は実に日本人らしい決断ではありませんか。この件は少しペンディングにしましょう。けれど、ことは了解しました。私もそういう決断をするかもしれません。いや、するでしょう。「あなたは日本社会のこともアラブ世界のことも、両方「身内」と感じられる稀有な存在でいらっしゃるのですよ、どうぞ遠慮なく言いたいことを」、と励ますべきなのでしょうが、そして心からそう思ってはいるのですが、それもまた、現実から遊離しているような気がします。

この微妙な立場に、「じんと」しているのでは、ですって？　ええ、ええ、もちろん、「じんと」しましたとも、思いっきり。そのこともあるけれど、幼いカリーマが、日本人の友達の家に行って、そこの両親がどちらとも日本人だと知ったとき、「それってとっても生きやすそうだわ」と思ったということに。なぜならその少女の感慨には、日頃どれだけの「負荷」がその小さな両肩にかかっていたのだろうと思わせるものがありましたから。けれど誇り高いアラブの血を引くその少女はきっと、そんな見当外れの「同情」はまっぴらごめん、とばかり、勝手にじんとしている私の前から身を翻して走り去っていくことでしょう。そして大きく大きく(知性も経験も)成長して帰ってきて、今では世界中の「異文化渡り歩き」が楽しくてたまらない、「この立ち位置がちょうどよいのです」、と、息弾ませていう——そのことばは、少し半信半疑でしたが、でもすぐに、そうなのかもしれない、と思いました。繊細でタフなカリーマ。私の方がずっと年上なのに、学ばなければならないことがいっぱいだと感じています。

ところで私がエジプトでお世話になったムハンマドさんですが、額に礼拝ダコができているほど、敬虔なイスラーム教徒で、毎日五回のお祈りを欠かしませんでした。旅行中のことですので、いちいち自室に戻って、ということができず、訪問先でもちょっとしたスペースを見つけては、熱心に祈っておられました。

先日、たまたま取材で行った伊勢神宮・内宮で、大祓の儀式を見学しましたが、神職の一人が、祓い所(祓い所もいろいろあるのでしょうが、そこはたまたま、屋根のあるような場所ではなく、川辺の、少し開けたような空間でした)で、立って座ってを繰り返しながら礼を続ける(立礼、座礼)、その一連の所作が、私にムハンマドさんのあの真摯な祈りを思い出させました。人知を超える存在に対して、深く頭《こうべ》を垂れ、礼を尽くそうとするとき、その祈りのかたちは人種や宗教を超えた類似性、普遍性をもつのだろうか――そんなことを思いました。

黒潮の海の恵みを受け、緑濃く清らかな水の湧き出る伊勢と、灼熱の砂漠を抱えているとはいえ、農作物の驚くほど見ごとなエジプトの地。共通点のなさそうな二つの土地なのに、食いしん坊の私の脳はおいしいものの鮮やかさが似ている、とシグナルを発します。そういえば、いつか紅海で取れる「伊勢海老」の話題が出ましたっけ！　地球って、なんてチャーミングな星かしら……。

しばらく暖かい日が続きましたが、明日からまた寒くなるのだそうです。お風邪を召されませんように。

梨木香歩

4　渡り鳥の葛藤

梨木香歩 様

安保法案に反対する国会デモに参加されたのですね。あのすさまじい猛暑のなか、照り付ける太陽よりも熱く抗議の声を上げた人びとのなかに身を投じ、社会にも世界にも主体的にコミットする香歩さんに、心から敬意を表します。快適な屋内からデモを応援し、ソーシャル・メディアを通じて海外の友人に、図々しくも誇らしげに、情報を発信するだけだった私は、今あらためて罪悪感と情けなさを覚えずにはいられません。

「共感の水脈を目指したい」という香歩さんの言葉を読んだとき、私が最初に感じたのもこれに似た後ろめたさだったということを思い出します。なぜなら私にはこう思えるのです。共感の水脈は香歩さんの到達地点ではなく、香歩さんが立つところには共感の水脈が生まれるのだろうと。日本の今との関わり方、ご著書の『海うそ』や『家守綺譚』を満たす自然とのみずみずしい対話、そして海の向こうへと水平に差し伸べられる手、香歩さんの在り方すべてがそう感じさせます。

一方、香歩さんが「異文化渡り歩き」という肯定的な言葉で形容してくださった、どこにも根を張らない私の身軽さは、裏返せばそのどれにも責任を負わない逃避でもある。観察者に徹して社会と深く関わろうとせず、いつでも引き返せる距離を保つ私の極端な個人主義は、もちろん自分なりの理由はあるのですが、どこに行っても客でしかない渡り鳥であることから来る罪悪感との葛藤も常にあるのです。渡り鳥は、地上を広く見渡すことはできるけれども、地下深く流れる水脈を見出すことはないでしょう。だから香歩さんのスタンスと、その足元に湧く共感の泉を前にすると、心をチクリと刺すものがあるのです。

香歩さんの最初のお手紙に、私が真剣にタヒーナを作るエピソードがありましたね。実はこれも良心がチクリと痛むお話。お便りを頂く直前に、カイロでこんなことがあったのです。

イスラーム教徒にとって重要な祝日である犠牲祭(イード・ル・アドゥハー)を直前に控えたある日。三十代半ばの甥が、カバーブ(羊肉の炭火焼き)をご馳走したいと夕食に誘ってくれました。中東の羊肉はまったく臭みがなく、特に専門店の炭火焼きは絶品なのですが、エジプトでは高価なご馳走です。それは楽しみ、と車に乗り込むと、甥はこう言います。

「オススメが二軒あるんだ。ひとつはシリア人経営の新しい店。もうひとつは地元エジプト人の店。どちらがいい？」

シリア難民というと、戦闘を逃れてボートで地中海を渡り、幼児を抱いて欧州を徒歩で旅する避難民や、雪降る難民キャンプで寒さに震える苦難の人びとというイメージが支配的です。それも現実ですが、同じアラブ圏であるエジプトやヨルダンなどでは、早速ビジネスを立ち上げて成功した避難民もいるのです。シリア人は古くから商人気質で、伝統的な刺繍製品に見られるように仕事が丁寧なことで有名です。「シリア人の仕事は良心的だから安心だわ」。そう言ってエジプト人はシリア人の店を贔屓《ひいき》にし、飲食店や家具屋など、看板に「シリアの」と付くビジネスがとても繁盛しています。難民流入による失業率上昇に悩むヨルダンの友人さえ、「シリア人が来るようになってから、街はかえって良くなった。彼らに門戸を閉ざす国は愚かだ」と言っていました。

エジプトとシリアは同じアラブの国。お互いを「兄弟」「同胞」と呼ぶ習慣があります。「なら、せっかくだから戦禍を逃れてきた同胞に貢献しようじゃないの」。私たちはシリア人のカバーブ店を目指しました。

ところが。カイロ名物の交通渋滞に捕まってしまいます。しかも甥は断食中。断食が義務であるラマダーン月でなくても、犠牲祭の直前などは、預言者ムハンマドに因んで断食する人が多いのです。夜明けから日没まで飲まず食わずというこの断食、一度でもやったことのある人ならわかるのですが、食べられないとわかっていてもやたらと食べ物の話がしたくなります。甥も例にもれず、「着いたら何を食べようか」などと言い出す。誰でもカバーブ店に行けば、「羊肉と挽肉の炭火焼きを半キロずつ」に決まっているのに。「そうだけど、付け合わせの話さ。ヨーグルトサラダ、野菜サラダ、あとホンモス（ヒヨコマメ）のペーストが入ったタヒーナだよね」。私はすかさず答えます。「いや、タヒーナは胡麻オンリーじゃなきゃダメよ」「そこにはないよ、シリア人の店だもの」。

そう、エジプトのタヒーナは胡麻ペーストのみをレモンや酢で薄めますが、シリアなどではヒヨコマメのペーストが主体で、胡麻は少し加えるだけなのです。それぞれのお国柄ですが、私にとっては純胡麻のタヒーナの方がなめらかで味わいもスッキリして、とにかく無敵。カバーブ店でタヒーナがないなんて、久しぶりに行く寿司屋にわさびがないようなものです。

「ないですって？　予定変更。エジプト人の店に行く」。あれ、同胞を助けるんじゃなかったの？　と突っ込まれるかと思いきや、甥も「だよね。カバーブに胡麻のタヒーナは不可欠だ」と本音が出て、私たちの〝人助け〟はタヒーナのためにあっさり流れたのでした。帰りにシリア人が経営する食料品店でアイスクリームを立ち食いし、チーズ入りのシリアの伝統菓子を買って、ほんの少しだけ罪悪感を拭って。でも罪悪感は店を変更したことよりも、極めて過酷なシリア人の現状を知りながら、タヒーナひとつで翻るほどの軽々しさで、「貢献しよう」などと言った自分に向けられていました。そして今この瞬間には、単なるアネクドートとしてそれを語れるということも、考えてみれば傲慢で、不謹慎かもしれません。

戦争(もう内戦とは呼べません)勃発後のシリアに、国連職員の妹が赴任していた時期がありました。「君の妹が？　今シリアに⁉」そう言った在日シリア人の表情が忘れられません。そのとき彼は悲しみに歪んだ顔で、「ごめんね」と言ったのです。私はその場で泣いてしまいました。それほど危険な場所に妹がいるのだという不安はもちろんですが、何の罪もない、そして家族全員がシリアにいる彼が、「ごめんね」と言ってくれたことが本当に悲しかったのです。同時に、アイデンティティを持つということ、そのアイデンティティティにコミットするということは、「ごめんね」と言える覚悟が決まっているということなのだと強く思いました。

アイデンティティに縛られまいとする私は、香歩さんがおっしゃるほどタフではないかもしれません。むしろコミットするガッツがないから、「個／孤」という殻で身を固め、異文化間を浮遊する。人の在り方として、自分本位で、誇れません。でもシリアの友人が、少なくとも誰かを代表して「ごめんなさい」と言うコミットメントからは逃げまいという小さな決意を与えてくれて、それは意外にも、嵐が吹いたらつかまることができる杭のように、ひとつの救いになっているのです。

と言いつつ、もっと強気に松尾芭蕉の言葉に自分を重ねてみたりすることもありますよ。「舟の上に生涯をうかべ、馬の口とらえて老をむかふる物は、日々旅にして旅を栖《すみか》とす」。私ももうすぐ大好きなモスクワへと旅立ちます。今回は初めて、首都から東に八〇〇キロのカザンに飛び、私のもうひとつのルーツに触れてくるのが最大の楽しみ。血縁者がいるわけでもないのに、「ルーツ」だなんておかしいでしょう？　この話は帰ってから詳しく。アラブももとは遊牧民です。旅と移動こそが人を人たらしめるのであり、心ならずも一カ所に長居すれば、魂は澱んだ水のように活力を失う。そう嘆いた詩人もいました。タイムマシンで彼を訪ね、芭蕉の言葉を訳してあげられたらと思うとゾクゾクします。そうだ、いつか香歩さんと翻訳の話ができたらいいな……。

師岡カリーマ・エルサムニー

5　個人としての佇まい

師岡カリーマ・エルサムニーさま

三寒四温とはよく言ったもので、昨日まで世の中はすっかり春めいた陽気で、庭に来るメジロのペアも浮かれ気味に梅の木を探索していたのに、今日は一転、世界はまるで陰鬱な冬の雨に閉ざされてしまったかのようです。けれどこうやって古い季節の抵抗が繰り返されても、新しい季節への大きな流れは決して止められないのでしょう。

明日は三月十一日。忘れることのできないあの日から、もう五年が経つのですね。当時避難所となった体育館でテレビカメラを向けられた被災者の方が、「テレビで難民の人たちを見ていたときは、ああ気の毒だなって思ってたけど、今、自分が同じように……」と言った直後、ハッと気づいた様子で目を丸くしてカメラを見、「あ、私、難民になっちゃったんだ!」と叫ばれたのを思い出します。あの劇的な場面が視聴者に教えてくれたものは測り知れない。今、偶然私の手元には、日本にいる難民の方々のレシピ本(難民支援協会『海を渡った故郷の味』)があり、薔薇水と砂糖とサフランで炊き込んだ美しいライスプディングの写真も載っています。これはイランからの難民の方が書いたもので、幼い頃よくお母様が作ってくださったとか。思い出のレシピからは、個人の歴史が見えてくるものなのですね。

第二信、拝読しました。

初めの方に書かれていた、「観察者に徹して社会と深く関わろうと」しない「極端な個人主義」者と、ご自分を評しているところ、もしかして、これはご自身がネガティヴにおっしゃるよりもっと、お仕事のなかでポジティヴに働いている「特性」ではありませんか。例えば以前にご著書で展開された、痛快に論理的な「表現の自由」批判は、観察者としての客観性を保っているからこそ、かえって情緒に訴えるものですし、それに(私と同じく)共同体が苦手なはずのカリーマに、ああいう論陣を張らせた原動力は、このイスラームをめぐるぜんたいの成り行きに、内部の小さな少女が「It's not fair!」と叫び続けてどうしようもなくなったから、なのではない? つまり、冷静な観察者の部分と、ご自分の内部の声に従ってのみ行動を起こす、個人主義の部分が、共闘して、今の生き生きとした知性の基盤になっているのでは？　両方が逃れようもない個人の属性だとしたら、風土に根を張る必要なんてない、私にはそれはとても強固なアイデンティティに思えます。

また、「渡り鳥は、地上を広く見渡すことはできるけれども、地下深く流れる水脈を見出すことはないでしょう」とおっしゃるけれど、この「渡り鳥」は、地上を広く見渡して、「ここ、ここ、この辺りに見出すべき地下水脈がありそう！」といつも教えてくれているではありませんか。その一つ、先般翻訳出版された『危険な道』のこと、まだ感想をお伝えしていなかった。

『危険な道』——九・一一の惨事からまだ七カ月しか経っていないときに行われたアルカイダ幹部への単独インタビューの記録、ああ、もう、ほんとうに、途中で止められずに一気に読んでしまいました。世界の情報機関が血眼でアルカイダの行方を追っているときに、一ジャーナリストのユスリー・フーダに突然舞い込んできた謎の招待状。まるでサスペンス映画さながらの臨場感あふれる成り行き。けれど、サスペンス映画と違い、これはまさしく現実にあったことで、フーダが下さなければならなかった判断の重みと的確さ、そして勇気、沈着冷静で、情に流されない正義感と、何より誠実さに、すっかり敬服してしまいました。彼をインタビュアーに選んだアルカイダの幹部二人も、アルジャジーラの報道番組でその人となりを見込んでのことだったろうことは、容易に察せられます。

それまで犯行声明はどこからも出ていなかった、これが事実上、アルカイダの犯行声明となる、メディアにとってすごいスクープだったということは、私にもわかりました。けれど何より惹きつけられたのは、事件の背景が明らかになっていくとともに、実行犯や幹部たちの「個人としての佇まい」が、どんどん浮き彫りにされていくところ（無論、ユスリー・フーダのそれも）。世の中には何か、メディアの情報だけではふるい落とされてしまう、個人対個人でなければ見えて来ないものがある。そのことも改めて痛感させられました。そういう、本筋とはあまり関係のない細部がとても印象的。彼らに拘禁されていると言ってもいい状態のフーダ（ヘビースモーカー）が、我慢できずにタバコを一本吸っていいかと「交渉」すると、インテリで紳士的なラムジー・ブン・シーバが顔を曇らせていにタバコが有害であるか、フーダに懇々と説教を始め、強面《こわもて》のハーリド・シェイフ・ムハンマドが、まあまあ一本ぐらいいいじゃないかと割って入る場面には思わず顔がほころんでしまいました。それからそういう自分に少し当惑しました。このハーリドは、アメリカのジャーナリストでユダヤ人のダニエル・パールを、その数週間前、自らの手で斬首した人物でもあるのですね(友情に厚い(?)ことと暴虐性が矛盾しない人びとがいることは、マフィアや日本のヤクザ映画でも想像できることではありますが)。当惑したのは、きっと、私の無意識が、個人としてのハーリドの全体像を結ぼうとし始めたからなのでしょう。

そういう様々な細部に支えられて、フーダと幹部たちの間に淡い友情にも似た信頼関係が醸成されてくる(フーダはこういうセンティメンタルな言い方は嫌うのでしょうが)。そしてこの空気が肌で感じられるからこそ、ラムジーが拘束された後の、魑魅魍魎たちが好き勝手に事実をでっち上げ騒然としているような世界のなかで、アルカイダからの声明の真贋が無理なくわかってくる。その声明は、名前こそ出していなかったけれど、ハーリドが(潜伏中で彼自身それどころではないはずなのに)、フーダの名誉を守るために動いたものであることが、フーダにはわかった。もちろん、これはぜんたいの歴史的な真実からすれば小さなことです。けれど、どんな状況下においても人間性のなかには、信頼に足るものがあると、励まされる事実でもありました。

これを読むまでは、凄惨なテロの実行犯としての顔しか知らなかったムハンマド・アターが、その優秀さにおいて、そして礼儀正しさにおいて、まさにユスリー・フーダ自身によく似た人物であったということも、思いがけないことでした。頭ではわかっていたつもりでも、ようやく今、肌身でわかった気がします。そう、九・一一は、決して許されることではない、ないけれど、まさしく「人間」が、それもある意味で「優しくけなげな人間」が、しでかしてしまったことだったのだ、ということが。

ほら、ここにも「地下水脈」が流れていた。それも暗い暗い地中の、深い深いところに……。指差してくださるたび、私はなけなしの勇気を鼓舞してそれを目指すことができる気がします。

本文中、時折、まごうかたなき翻訳者自身の筆さばき（自分の文体を持った著者が翻訳をするときには避けられない）が現れる、その都度、この緊迫した場面のすべてに、翻訳者は影のようにユスリー・フーダに寄り添って、共に「追体験」しているのだと改めてひしひしと思い知らされます。あのカラチでの四八時間を。自分より重い友人を担いで、シリアからイラクへ歩いて越境する緊張と恐怖の夜を。どんなにか消耗したことでしょう。

アラビア語から日本語に翻訳するという作業は、私の想像を絶します。独自の文化的背景を持ったことばのニュアンスを、すべて正確に訳すなんて、不可能なこと。どこかで諦める線引きをしないといけないし、翻訳者自身の創造性が必要とされる場面も多々あったことでしょう。今回は、フーダ自身もムスリムであり、詩人でもあるということで、その背景が垣間見られるところも私には興味深かった。フーダが幹部たちと礼拝を重ねるたび、安堵感が強くなっていくようなところとか。翻訳者として、一ムスリマとしてのカリーマの思いが聞きたいです。

取り組んでおられた翻訳がとうとう脱稿したと聞いたとき、けれどひどい眼精疲労を起こしているらしいご様子に、美しく大きな「黒い瞳」の持ち主だから、きっとドライアイだろうなんて勝手に見当つけた私の間抜けさ加減。これほどまで精魂傾けた翻訳だったのですね。ようやくあのときのカリーマの状況に近づけた気がします。

シリアのホンモスの話、おもわず噴き出しながら読みました。それこそ自己アイデンティティを注ぐほどの熱烈さを持って、胡麻オンリーのタヒーナを支持されていることが、わかっていたから(確か、胡麻ペーストのみのタヒーナには気品がある、と断言してなかった? それに比べてホンモスは……と)。他のものだったら妥協もできただろうに、またよりによって……。けれどこのこだわりにこそ、個人の輪郭が際立つというもの。それにまさかそんなことで恨むほど、シリア人は狭量ではないのでは。それから在日シリア人のお友達の「ごめんね」には、私もまたもや「じんと」して、涙ぐみました。内戦勃発後のシリアの状況そのものにアイデンティティを持ち、それにコミットする覚悟……。そのことばは、私自身にも、今、撒かれた種のように作用しています。お礼を言いたい気持ちです。まだ、うまく言語化できないのですが、そうやってシリアの人びとの痛みを、我がことのように察せられる回路がカリーマにはある。その回路を通じて、私もまた共感の水脈に立てる。ああ、残念、紙面が尽きました。お健やかで！

梨木香歩

6　人類みな、マルチカルチャー

梨木香歩様

とんでもないヘマをしました。ちょうど訳書が出版されるタイミングで、「いつか翻訳の話をしましょう」などと書簡を締めくくるとは！　まるで書評をよろしくとお願いしたようなもの。お便りを読んで恥ずかしさに顔がほてりました。でもおかげで、『危険な道——9・11首謀者と会見した唯一のジャーナリスト』（邦題）という、もっと世界的に注目されていいはずの本と、著者ユスリー・フーダの人柄やプロフェッショナリズムについて、香歩さんの大絶賛を得られたことは、嬉しい収穫？　でした。

この本、働きながら二カ月半で翻訳するという強行軍でしたが、訳すこと自体は、実は楽しくて仕方がなかったのです。翻訳って、中毒性のある作業だと思いませんか？　たとえばアラビア語と日本語ほどに構造も思考回路もかけ離れた言語であれば、「どう伝えよう」という問題が次々と出てきます。翻訳とはそれを解決するプロセスだと言えますが、ひとつ、またひとつとクリアするたびに、脳の中で快感ホルモンが分泌され、その恍惚感がクセになる。疲れて一度はやめても、またすぐに再開したくなる。そんな魔力が翻訳にはあると思うのです。だからでしょう、翻訳中の私が話しかけられる(＝邪魔される)と、それはそれは怖い顔をするそうです。

ユスリーは先日オマーンのラジオ番組に出演し、「次にあなたの〝お友達〟、カラチで会見したアルカイダ幹部について伺います」と司会者に言われて、こう答えました。「まずあなたの発言を訂正させてください。彼らは私の友人ではない。情報源です。彼らとの約束を守るのはプロの鉄則。それだけの話です」。私もあとがきで述べましたが、二日間の共同生活を通して、彼と会見相手の間には奇妙な友情が生まれていくように読者には見えますよね。でもユスリーはそれを否定した。信頼と友情は別だ、ということでしょうか。中立を守るために言葉を濁しつつも、自分の宗教でもあるイスラームを語って暴力を正当化するアルカイダを、ユスリーは許すことができないのかもしれません。

同じ宗教に属しながら価値観は異なる人々とのユスリーの距離のとり方は絶妙です。心情的には、彼らを否定したくもなるでしょう。でも彼はそれをしない。だからといって心を開くのではなく、たとえばともに礼拝するとき、しばしもたらされる一体感に浸ることをせず、祈る彼らを冷静に観察している。この場面では非ムスリムにしかできないのではないかと思えるほどの冷徹さで、本音を隠し通しているのです。それは彼の中で「個」が完全に確立されていて、そこには共同体の一員としてではなく個人としての信仰が根を下ろしているからかもしれません。究極的に、信仰とは神のためではなく人を支え律するためにあるのですから、個の信仰としてのイスラームをあえて弁明したり純正化したりする必要性をユスリーは感じていないのではないでしょうか。

そういえば前回、私の「ルーツ」があるカザンへ行くと書きましたね。行ってきました！　カザンはロシア連邦に属するタタルスタン自治共和国の首都です。かつてはヴォルガ・ブルガール王国があり、十世紀頃にイスラームが国教となりましたが、一六世紀にイワン雷帝によってロシアに併合されました。現在はスラヴ系キリスト教徒とタタール系イスラーム教徒がそれぞれ人口の半分近くを占め、カザンのクレムリン（城塞）には、共産主義時代から残る尖塔の星、ロシアに併合されたとき破壊されたモスクの跡地に建てられた大聖堂の十字架、今世紀にようやく新設された大モスクの新月、そしてロシア国旗が勢揃いし、迫害や争いや和解や共存といった歴史のすべてを抱擁している。そんな所が、ヨーロッパ大陸にあるのです。

なぜ私のルーツがそこにもあるなどと言うのか。実はロシア革命の際、日本に亡命したタタール人が大勢いたのです。東京の代々木上原に(私の両親が結婚式を挙げた)モスクを建てたのも、もとはタタール人でした。香歩さんはタレントのロイ・ジェームスをご存じですね。彼の両親もタタール人で、私の父の友人でした。ロイさんの葬儀でクルアーンを朗唱したのは、父だったんですよ。

モスクを建てた方は戦後シベリアに抑留され、そのまま戻りませんでしたが、夫人は九四歳で亡くなるまで渋谷在住でした。私が七歳まで暮らした家からも近く、家族でよく彼女の家に遊びに行ったものです。スラヴ系ロシア人と見分けのつかない風貌のアブケイは、どこか貴族的な物腰とこだわりの持ち主で、礼拝するときのスカーフの巻き方もまるで、白黒時代のヨーロッパ映画に出てくる女性たちのようでした。妥協やいい加減を嫌う芯の強さが、敬虔な心から滲み出る透明な温かい空気を纏い、彼女の周りにはいつも適度な緊張感に縁どりされた安心感が漂っていたのを覚えています。私の父には同志としての共感を寄せると同時に、まるでもうひとりの息子のような愛情を注いでいましたから、私にとっても父方の祖母のような存在だったと言えるでしょう。彼女の孫たちは私にとって従兄妹同然で、私たちはタタール語でおばあさんを意味するらしい「アブケイ」という言葉で彼女を呼んでいました。料理の名人だったアブケイが作るタタール料理はやがて私の母に伝授され「おふくろの味」となります。古ぼけたピアノが置かれたアブケイの家で、ロシアの食器が並ぶ食卓を囲み、手打ち麺スープ「トクマッシ」や挽肉を包んだパイを揚げた「パラマッシ」などを食べた後は、両掌を顎の前に軽くかざしてクルアーンを詠み、神に感謝する。これが私の原風景のひとつであると同時に、人生の始めに心に刷り込まれたムスリムの姿です。そこには形にこだわらない安らぎと精神性があった。当時は「ムスリム女性の節度ある服装」も国や文化によって異なり、ムスリムの在り方にももっと多様性がありました。八〇年代以降に広がった「ヒジャーブ」に代表される画一性とは本質的に異なるものです。西洋的価値観を絶対視するグローバル化に反撥し、対抗する形で生まれたイスラーム意識の高まりは、他者との違いを際立たせる表象に重点を置く世界規模のアイデンティティを形成しつつあります。明確に定義された共同体への帰属によって居場所を得る安心感を、人々は求めている。でも私にとってそれは異質なものです。そこへの帰属感はどうしても湧かない。だからこそ、自分にとっての宗教的原風景であるアブケイの故郷を訪ね、それが子ども心に描いた幻ではないことを確かめたかったのかもしれません。

　雪のカザンで橋の上から凍った河を見つめていたら、散歩中の老人に話しかけられました。ロイさんのお父さんにそっくりです。民俗博物館に展示されているのは、アブケイの夫が写真で着ていた服です。そして何より、アブケイと母の台所でしか食べられなかったタタール料理が、ここではスーパーで売られている。初めてなのに懐かしい街。しかし私は、ここでもっと素敵な発見をしました。「タタール国民料理」という看板を掲げた有名店の中央アジア的な味は、アブケイの味と少し違う。アブケイの味付けはもっと……ハッとしました。ロシア的だったのです。そういえばアブケイの得意料理の半分はピロシキやブリヌイ(クレープ)などのロシア料理だったし、食器もロシアのものだったけれど、さらに彼女はタタール料理もロシア風にアレンジしていたのです。酒を飲まず礼拝も欠かさない敬虔なアブケイは同時に、征服者ロシアの文化も自分のルーツとして大切にしていた。ロシアもまた周辺民族との摩擦を通して西欧とは異なる文化を築いたのだから、実は当たり前のことかもしれないけれども、革命や亡命や戦争を生き抜いたひとりの女性によってそれが体現されているのを見ると、厳かな気持ちになります。文化はそれ自体が重層的に融合した異文化の結晶であり、個人はその多彩さを映す鏡であると同時に、それぞれ尖ったり曲がったり濁ったりして、どこかに新しい色をもたらす要素となればいい。たとえばみ出しても、地球からも人類からも零《こぼ》れ落ちることはできないのだから……。

もちろん、所詮そこでも私は異邦人です。でも私のパズルの最後のピースは、期待通りにユーラシア大陸の真ん中でみつかりました。そこに届いた、「個人としての佇まい」という香歩さんの完璧な表現！　すべてがきれいに繋がってピタッとはまる、幸先のよい春になりました。

師岡カリーマ・エルサムニー

7 繋がりゆくもの、繋いでゆくもの

師岡カリーマ・エルサムニーさま

もちろん私は、「書評を強いられた」覚えはこれっぽっちもありませんよ。私には、何か素晴らしいものに出会うと、つい興奮して、それがどんなに素晴らしいか、言葉を尽くして表現したくなる習性があるのです(もう、お気づきでしょうが)……。それはご本人をかえっていたたまれない思いにさせるものらしい、ということには薄々、徐々に、気づいてはきたのですが、なかなか成長できなくて、この歳まで来てしまいました。どこかに、相手の迷惑より自分の表現欲を優先させてしまう傲慢さがあるに違いない、けれどそこに改善の手を伸ばすより早く、「だって正直に書いただけ」という開き直りが生じることが、望ましい人格的成長を阻害している主な要因と思われます。で、前回の手紙の内容についてもまったく反省していません。だって何の打算もなく思うまま書き連ねただけ(この点、プロとしてはどうか、という問題も残りますが)。ああ。

タタルスタン! ヴォルガ川の流れる地ですね。そこがカリーマの「源流」の一つだったとは! ヴォルガは憧れの大河で、タタルスタンも(なんの所縁もないながらに)いつか行ってみたい、不思議な郷愁を感じる土地でした。そんな思い出がおありだったなんて……。いい旅になりましたね。行きたいところは行けるうちに行っておく方がいいようです。シリアもずっと遺跡巡りに行きたかったのですが、もうとてもおいそれと行けない国になってしまいました。ついこの間(二〇一六年四月)、政府軍が奪還に成功したというパルミラ遺跡も、内戦やISの破壊による無残な姿が写真で配信され、愕然としていたところです。

楽しい報告を一つしますね。先日、友人の関係するコンゴからの難民(認定が下りるのを待っている)の人びととの集いで、コンゴでコックをやっていたという方から料理を教わったのです。会を企画し主催したのはほとんど大学生と言ってもいいくらいの日本の若い方々でした。コンゴ組が持参したCDの、ルンバのリズムも楽しく、音楽にのってフライパンを動かし、途中でみんな笑いながら踊り出す……その楽しかったこと！　コックの彼も片言の日本語で、「今日は、幸せです！」と（満面の笑顔で）幾度も叫び、それは彼にとってつかの間のものだったかもしれないけれど、私たちをこの上なく幸福にしてくれました。オリーブオイルやニンニクや香辛料の醸し出す、おいしい食事の予感って、人を無条件で幸福にする。ついついつられて踊りの輪に入ってしまいます。二十人ほどの小さな集まりでしたが、企画した彼女たちの実行力と行動力の鮮やかさもまた、私をとてもとても幸せにしました（と言ったら、ずいぶん年寄りじみて聞こえますね）。

コンゴは内陸だけれども、湖も多く、魚料理が多いのだそうです。彼らに限らず、若い頃の食事の記憶は、私たちの根幹をなす、精神と肉体をつなぐ要のようなもの。それが喜びに満ちたものであろうが、悲しい惨めな記憶であろうが、何もかもが成長期の勢いに取り込まれて今の私たちをつくってきた。彼らほど劇的な人生を送ってきたわけではないけれど、今となってはどんな記憶も私には貴い。

今回のお手紙を拝読しながら、途中で目を閉じて手を組みました。お書きになっていた、幼い日アブケイのもとで過ごされたという食卓の光景が光り輝くようで、私まで子どもたちの友人の一人として招かれているような錯覚を覚えました。そしてアブケイの人生に思いを馳せ、運命と対等に渡り合ってきた力強さに崇敬の念を抱きました。彼女の料理には彼女という個人と民族の歴史が映し出されて——どこにいても、そこに満ちる光のように——いたのですね。そしてカリーマは、その光に内包された安らぎと精神性を、「宗教的原風景」として記憶されている……。それは個人の核心に刻まれた、動かしようのない針路のようなものなのでしょう。ムスリムホームの温かさを、肌感覚で伝えていただいた思いです。

服装一つにしても、本来もっと多様であることに寛容であったはずのムスリム社会。なぜこれほど画一性を求める姿勢ばかりが荒目立ちするようになってしまったのか。「明確に定義された共同体への帰属によって居場所を得る安心感を、人々は求めている」。お書きになっていたこの「人々」とは、ムスリムのみ意味されていたのではありませんね。日本人もそう。そして原理主義へと傾倒しがちな、現代を生きる多くの「人々」も。何かに属している、つまり群れの一員であることによって得られる安心感には確かに抗しがたい魅力があります。生きて在ることは本来異常事態で、それ自体に本質的な不安があらかじめ内蔵されているのだとしたら、私たちは、安定して生きていくために、何かに「繋がっている」ことを必要とする生きものなのかもしれません。

私の生い育った南九州では、竹の皮にもち米を詰めて灰汁《あく》で煮るお菓子があります。私の家では到来物でいただくそれを「チマキ」と呼んでいたけれど、一般にはアクマキと呼ばれています。京都のちまきの存在を知ると、なぜ似ても似つかないのに同じ名で呼ぶんだろう、と子ども心に不思議に思っていましたが、その後中華ちまきに出会い、ああ、そうか、と思いついたのです。これはもともと、大昔に中国大陸から渡ってきた、米を使った携帯保存食の原型のようなものなのではないか。見た目だけなら「チマキ」やアクマキは、京都風のちまきよりもずっと中華ちまきに近かった。若い頃、そのように中途半端に見当をつけたまま、この年月を過ごしてきましたが(他にやることもありましたしね)、先日、思い出して調べてみたのです。すると、源順《みなもとのしたごう》が九三〇年代に編纂した『倭名類聚鈔《わみょうるいじゅしょう》』の「糭」という項目に、和名知萬木《ちまき》という記述があり、菰《こも》(現代のマコモですが、物を包むことが可能な植物素材と思われます)の葉で包んだもち米を灰汁で煮、五月五日に食すると記されていることがわかりました。ということは、その頃(九三〇年代)までには、この名前と製法はすでに巷に広く伝えられていたということでしょう。古代、南九州には坊津《ぼうのつ》という遣唐使が行き来した港もあり、海を渡って文物がやってきました。「チマキ」もそうやって伝えられ、そこから諸国に広がるとともに、より洗練された形に発展していったのが、例えば京都風のちまきなのでしょう。が、渡ってきた地元では愚直にというか不器用にというか、呼び名も製法も変えずに千年以上も、渡来してすぐの原型そのまま、「チマキ」が伝えられていた。さらに調べると、中国の部族の作るちまきの中に、「チマキ」と全く同じようなものもありました(地球規模で言うと、アブケイのタタルスタンと地続きの、ユーラシア大陸に出自を持つと思えば、不思議な感慨に打たれます)。

それにしても、千年!

表舞台に上がらぬ草の根で、女たちの手から手へ、律儀に伝えられてきた歴史にため息が出ます。ただ、母の作る「チマキ」は、他のアクマキのようにどっしりとした密度のあるものではなく、とろりとした琥珀色のゼリーのような風合いでした。食感は本わらび餅に似ています。彼女がどこからかもらうだけでなく自分でも「チマキ」を作ろうと思い立ってから(私が実家を出てからです)、灰汁を作る木の種類や詰めるもち米の量などの試行錯誤を重ねた結果だったのでしょう。蘊蓄《うんちく》を聞かされた覚えもあります。私はアクマキが苦手でしたが、母の「チマキ」は好きで、季節になると、まとめて送ってもらって来客にも振る舞い、喜んでいただいたものでした。けれどもう、それも叶わず、あの「チマキ」は母一代限りのものとなり、私に継承されることはありませんでした。アブケイのロシア風タタール料理は、師岡さんに受け継がれているのですね。

料理は土地の歴史を語り、個人の過ごしてきた日々も語る。代々の人びとの記憶に、手に、更新されながら、ものによっては、芸術作品と呼ばれるものより遥かに生き延びて。破壊されてしまったパルミラ遺跡などはほんとうに残念ですが、決して破壊されず、力強くしたたかに繋がっていく伝統もある。たとえピラミッドがことごとく略奪されたって、モロヘイヤ料理は必ず生き延びるでしょう(だから破壊されてもいいんだと言ってるわけでは、もちろん、ないのですよ)。コンゴの料理も、運命の偶然か必然か、民族の垣根を越え、今は地球の裏側で私たちに繋がり、料理のプロセスも取り込まれました。

もうすぐ梅雨が来ます。「チマキ」は、田植えなどで忙しい農繁期の農家の保存食としても重宝されてきたといいます。私もいつか、母の「チマキ」を再現してみようかと思います。そのときは、試食してくださいね。

梨木香歩

8　オリーブの海に浮かぶ
バターの孤島に思うこと

梨木香歩様

　四月三十日の夜、「だってそういう約束でしょう?」と言わんばかりに、窓から五月の匂いが飛び込んできました。毎年待ちわびる新緑の匂いです。アラビア語では「金曜の夜」と言えば「金曜を迎える(つまり木曜の)夜」を意味しますが、四月最後の晩に五月が到着し、なるほどそういうことかと妙に納得してしまいました。一方、「むせるような新緑」という表現には昔から納得のいかない私です。木々の若葉やツツジが放つ匂いはその強烈なエネルギーとは裏腹に甘くまろやかで、深呼吸してもむせるどころか、むしろ吸い足りないぐらいです。そして間もなくやってくる梅雨は、緑がいちばん詩的な陰影を纏うとき。「ジメジメする」と言ってみなさん嫌がりますが、私はこの時期の日本の緑のトーンが世界で一番好きです。東西南北がよってたかって意地悪な風を吹かせる桜の季節よりも好きなのです。

根っからの都会っ子で自然との付き合い方に疎い私は、それゆえにか森にはほのかな憧れを抱いていて、香歩さんの『岸辺のヤービ』の大ファンなのですが、物語の舞台になっている「ややこし森」や「お隠《こも》り谷」を創造した香歩さんのことだから、この季節にはさぞかし特別な思いがあるに違いない、なんて思っていた矢先に届いたお手紙。「目には青葉」……ではなくて、チマキ、アクマキ、マコモにアク！　うーん、さすが。これぞマルチだわと、まぶしく裏切られました。

それにしても、初めて知る名ばかり。ブイヨンを作る際にすくって捨てるのではなく、料理に使うためにわざわざ作るアクがあるのですね。「ねえねえ、チマキって知ってる？」と同世代の女性たちに聞いてみて、実は日本人の常識だとわかり、ショックでした。私は世界を旅することばかりに夢中になって、住んでいる日本のことを知らなすぎるといつも反省しているのですが、今回もその無知が身に染みました。

ご存じのように母が作るのはアブケイから学んだロシア・タタール料理と父の家族に習

ったエジプト料理が多かったし、和食もエジプトで揃う材料で工夫した自己流（ズッキーニの天ぷらや鳩の醤油焼きなど）だったので、私は「日本の台所」をほとんど知らないのです。大人になって日本に来てからも、紅白なますは赤味噌と白味噌で別々に煮た鯰《なまず》を一皿に盛ることだと思っていたし、ご飯とお味噌汁の正しい位置を知らずに、親戚に呆れられたこともありました。ご飯が左でお味噌汁が右というルールには、いまだに納得がいきません。逆の方が絶対に食べやすいはず！

話が逸れてしまいましたが、お手紙を読みながら真っ先に浮かんだのは、香歩さんのお母様と中国人と京都の人が、それぞれのこだわりを力説しながらチマキアクマキ薀蓄合戦を展開する光景でした。聞いてみたいと思いませんか？　盛り上がること間違いなしです。多国籍のアラブ人が集まると、必ずと言っていいほど料理の話題で盛り上がるように。

一言「アラブ」と言ってもそこには二十二の国があります。各国に独特の風土があるだけでなく、例えばイラクはトルコとイランに挟まれ、モロッコはヨーロッパとアフリカに挟まれ、という具合にそれぞれ隣接する文化圏も異なるので、食文化も多彩です。モロッコのクスクス、エジプトの鳩とモロヘイヤ、そしてシリア・レバノン地方の洗練された前菜（メッゼ）などが有名ですね。

名前は同じでも内容は違うという料理も少なくありません。クナーファ、ムシャッベク、ババ・ガンヌージュ、タヒーナ……エジプト人とシリア人とヨルダン人では、それぞれ頭に浮かぶものが違うので、ウチはこうよ、あらウチではこうよという話になると異様に熱がこもるのです。それはきっと、香歩さんのおっしゃる「繋がっていること」の安心感と、フロイトが言うところの「小さな違いのナルシシズム」と、二つの相反する欲求を一度に満たしてくれるテーマだからなのでしょう。

なんと言っても料理には、壮大な歴史のなかの誇り高き小さなロマンが宿っていますね。まさしく南九州が、同じ日本の京都とよりも強く、チマキによって中国と繋がっているように。日本は島国であるということがとかく強調されがちですが、それ自体がいくつもの島によって構成されていることから、日本という枠に縛られない文化的自由と柔軟性が各地方にあり、それによってこの国の多彩性と、海で繋がる大陸との深い関係性がもたらされていると言えるでしょうか。その意味では、もしかしたらエジプトの方が日本よりよほど島国かもしれません。

あれ、と地図を思い浮かべられましたか？　そう、エジプトはアフリカ大陸の北東にある四角い国で、地中海と紅海に面した長い海岸線を持つと同時に、西はリビア（と言っても実体はサハラ砂漠)、南はスーダンと国境を接し、シナイ半島を通じて西アジアとも陸で繋がっています。長い歴史を通して様々な民族が行き交い、しばしば「コスモポリタン」と形容されてきた国でもあります。にもかかわらず、エジプトはちょっとした島国なのです。

同じアラブ圏でもシリアなどの東地中海地方は、北のトルコを経てさらには黒海沿岸のコーカサス地方に至る広大な地域と、文化的にも人種的にも明らかな繋がりを持っています。カラフルな刺繍の民族衣装やフットワーク中心の伝統舞踊、細かく切った野菜にザクロを散らす色鮮やかなサラダやヨーグルトを多用する料理。この魅力的な文化圏が南西ロシアからパレスチナまで繋がって、エジプト国境で途切れてしまうのです。コンゴ料理の会で香歩さんを踊らせた、軽快ななかにも根源的な深遠さを秘めたブラック・アフリカのリズム感や、彼らのしなやかで優雅な身のこなしも、エジプトの南の国境を越えません。決して断絶というのではなく、跳ね返されるのでもないのですが、それらの影響はエジプトに入ったとたんに巨大な何かに呑み込まれ、「エジプト的なもの」に変容してしまう。もったいないなあと私は思うのです。

ナポリ出身の名指揮者リッカルド・ムーティはこう言いました。「オリーブが育つ土地の人間は、物事に対する感じ方がとても似ています。イタリア、スペイン、ギリシャ、そしてアフリカ北部は、他のどことも異なる性格や気性を持つ魔法のサークルなのです」。なんと魅力的な解説でしょう。でも私の耳にはちょっぴり寂しく響きます。地中海と言えばオリーブオイル。しかしナイル川のおかげで肥沃な土地に恵まれたエジプトだけはバター文化です。ひと昔前までオリーブ油は主に薬用でした。気性もこの辺では際立って明るく、あけっぴろげでひょうきんで、地中海特有の光と影、生と死とがドラマチックに共存する「魔法のサークル」からは零れ落ちている。「つまり独自の文化を持っているということだ」と言われればその通りで、古代文明を見ても明らかなように、アフリカでもアジアでもヨーロッパでもない、強烈な個性がエジプトにはあるのですが、「もう少し繋がっていたらなあ」という寂しさは否めません。東西南北の素晴らしい文化の波を呑み込んでしまうほどの個性と、創造と発信の地という経歴からくる誇りは、ひとつ間違えると巨大な独りよがりに変身する危険も秘めています。近年のエジプトがまさにそうなのですが、そういう時に運悪く下り坂サイクルに入ったら、ひとり負けの憂き目を見るかもしれない。日本についても同じことが言えるでしょうか。私は、異文化の受信に一生懸命だった時代に日本人が生み出したものの方が、発信に躍起になりながら生み出されているものよりも、真摯で、面白くて、魅力的だったと思えてなりません。究極的には、それこそが日本人らしさなのではないでしょうか。

そう考えると、「繋がりゆくもの、繋いでゆくもの」と言い分けた香歩さんの思いに触れたような気がしてきます。時を超えて縦に繋いでいく意志的な能動性と、隣人と横に繋がっていくオープンな受動性。しなやかにそのバランスを取る姿勢を大切に……。この解釈、合格ですか?

師岡カリーマ・エルサムニー

9　今や英国社会の土台を支えている、そういう彼らを

師岡カリーマ・エルサムニーさま

「繋がりゆくもの、繋いでゆくもの」、私が合格なんていうのもおこがましい、鮮やかな解釈に、切れ味の鋭い知性のきらめきを見るようでした。そして、なるほど、地中海オリーブ文化圏。そのドラマ性と陰影に富んだ魔法のサークルに、笑うのが大好きな明るいエジプトも少しは影響を受ければいいのに、とのこと、思わず笑いながら拝読しました。でもそれが肩に力の入らない、エジプト人らしさの一つなのかも。日本人らしさも、おっしゃるとおり、大向こうを意識して「日本」を発信し続ける必死さのなかでは、かえってその「良さ」が沈黙してしまう……。先日(二〇一六年六月二十三日)、国民投票の末、英国の

ＥＵ離脱が決まったまさにその大混乱の前夜、私が出会ったエジプト人運転手(とうとう出身は聞かなかったけれど、私は当然のように彼はエジプト人だという気がしていました。カリーマもこの話から判断してみてください)の話をしますね。

その日、私はダブリンからヒースロー乗り継ぎで日本に帰ることになっていました。前日までアイルランドの南の方にいたので、その日は朝から空港へ向けて高速を走り、ダブリン近くになって、うっかりナビの言う通り高速を降りてダブリン市内を突っ切る(地図上では遠回りでも、ダブリン大環状道路のM50に乗るべきだった)羽目になり、時間を取られてヒヤヒヤしました。

もっとも、空港でゆっくり昼食をとるつもりで早く出ていたので、そのときはまだ余裕があると言えばあったのです。大急ぎでレンタカー屋さんに車を返し、空港の出発ロビーで手荷物預けの列に並びました。これがなかなか進まない。カウンターで長いこと話し込む人もいます。そのわけがわかりました。ヒースロー行きの飛行機のダブリン到着が、ひどく遅れているというのです。多分、いやほぼ確実に、あなたは乗り継ぎの日本行きの飛行機には乗れないでしょう、と係員は真剣な面持ちで私に告げました。ええ？　ですから、ヒースローに着いたら、再予約のカウンターに行ってください。そして、(この航空会社の)係に言って、ホテルを世話してもらってください。私が絶句していると、別のスタッフがやってきて彼に耳打ち。あ、日本行きも遅れているようなので、もしかすると間に合うかもしれない。彼の声も上ずっていました。着いたらとにかく走って！　走ってって……日本行きはターミナル3ですよね、そしてこの飛行機はターミナル5に着く。彼は口角沫《あわ》を飛ばさんばかりに、そう、だからできるだけ急いでください。誰かスタッフの人が誘導してくれるんですか？　私がそう訊いたのは、ヒースローのターミナル5は他のターミナルとは離れていて、乗り継ぎのときの移動では、バスだけで十五分はかかった記憶があったからです。けれど、この混乱時に、と言わんばかりに、彼は絶望的に目を閉じ眉間に皺を寄せ、首を左右に激しく振りました。いないんです、だから、走って！

釈然としないながらも、私はそこを離れ、そして通りかかりのスタッフをつかまえて、ヒースローで、ターミナル5から3まで、最速で行ける方法を訊きました。ターミナル間は地下鉄が走っています。それは私も知っている。でも、それに乗るためには、一旦、入国審査を通って、英国内に入らないといけない。かなりの時間が取られてしまいます。結局、みんな、自分の持ち場以外のことはよく知らないのです。

一時間遅れでようやくヒースロー行きの飛行機に乗れましたが、皆がシートベルトを締めた段階で、機長のアナウンスがありました。ロンドンの混雑で、飛行機は三時間遅れます、申し訳ないが、このままで待ってください。機内では一斉にどよめきが起こり、私の隣のフランス人は、冗談だろ、と天を仰ぎました。けれど私は、これで完全に乗り継ぎの可能性が絶たれたので、かえって落ち着きました。それにそのことで周りの同情を買い（おおー、と、病院の待合室で一番深刻な病名の人に敬意が集中する感じ）、皆に優しく接してもらえましたし。

さて、ヒースローは更に混乱していました。再予約のカウンターは長蛇の列。まったく先に進みません。結局今日中には明日の便の予約すらできない、ということがはっきりしたときの、インターナショナルな騒ぎといったら！　各々お国柄が現れる怒り方！　詳しく描写したいけど、枚数がないので端折《はしょ》ります。ホテルの予約を取ろうにも、ヒースロー近辺のホテルはどこも満杯。ようやくロンドンのナイツブリッジに一部屋見つかって、タクシーに乗ったときには深夜を回っていました。

今日のロンドンは大騒ぎ、空港も大変だったでしょう、と労ってくれるタクシーの運転手に、思わず、朝からのことを愚痴り、だから、結局一日ほとんど何も食べてない……というと、自分も今、ラマダーン月だから、よくわかるよ、食べないのは辛いよね、これを食べなさい、と、運転席から後ろに手を伸ばし、手のひらより小さいくらいのタッパーを渡してくれました。開けると、デーツ（ナツメヤシ）がいくつか、入っています。日没になったからといって、すぐに無茶食いするのは体に悪いからね、自分はこうして少しずつ食べるんだ。でも、これはあなたの分でしょう。日没を過ぎても仕事が忙しく、これで空腹をしのいでいたに違いありません。申し訳ないから、と遠慮すると、いいんだいいんだ、と、熱心に勧めてくれるので、一粒口に入れました。それは種のある、私が今まで食べた中で一番おいしいデーツだった。

ムスリムの人は優しい、と私が呟くと、全部のムスリムがそうだというわけではないよ、ほら、五本の指は皆違う、と言いながら片手を上げ、そして裏表もある、と、手のひらをひらひらさせます。殺気立っていた気分が和んでいくのを感じ、いろいろ話していくうちに、彼の子どもが自閉症であることがわかりました。けれど、この国はとてもいい国だ、担任の先生の他に、この子だけの先生もつけてくれるんだよ、本当に感謝してるんだ、と。あなたはポジティヴなんですね。私が途中で感嘆すると、「そう、ポジティヴでなくっちゃ！　この間、僕は台所で指を切ってしまったんだ。ああ、よかった、って喜んださ。妻は怪訝そうに、なんで？　って聞くんで、言ってやったのさ。心臓を切ったわけでも足を切ったわけでもない、指ですんだんだ、ラッキーじゃないかって」。車はナイツブリッジに入りました。さあ、着いたよ、ここはいいホテルだよ、ラッキーだよ。温かく励ますように言ってくれ、私達は別れました。

ビジネスホテルを大きくしたようなそのホテルは、確かにフロントのアジア人女性はとてもいい方だったのですが、深夜突然の客だったせいか、部屋のベッドメイクがされておらず、電話でそのことを言うと、すぐにスタッフをやります、とのこと。待っていると、英国人中年男性が(つまり、移民ではない)やってきて、「時間外でルームメイドがいない。こんなことまでやらないといけないとは。自分はコンシエルジュなのに」と不機嫌そうに作業をします。チップをあげるとやっと笑顔を見せてくれましたが、私はちょうどそのひと月ほど前に、そこからワンブロックも離れていないホテルで、極上のホスピタリティとは慈愛なんだと思わせられるような体験をし、そのことをエッセイに書いたばかりだったので、運命は私に、なんとバランスよく接してくれるのだろうと思ったことです。

ホテルに着いたのは午前一時半でしたが、それから三時間後には、五時に再び開くという再予約の窓口に駆けつけるため、部屋を出なければなりませんでした。早朝ホテルに来てくれたのも、アフガニスタンから来たという感じのいいムスリム運転手。明けゆくロンドンの街をひた走り、再び空港へ、そしてすでにできている列へ。ようやく次の便のチケットが取れ、空港のレストランで放心したように朝食をとっていたとき、今度は英国EU離脱決定のニュースが飛び込んだのです……。

梨木香歩

10　境界線上のブルース

梨木香歩 様

「空港は時に人の最悪の顔をあぶり出す」。私自身様々な旅の修羅場をくぐってきた末の結論です。コンピューター・システムが完全にダウンしたロンドンのヒースロー空港。ケニア航空のストに遭遇し、床に座って一夜を明かした挙句、搭乗券を求めてもみ合う人々にもみくちゃにされて失神したナイロビ空港。引っ掻いてやりたいような人の裏の顔も、できれば見たくなかった自分の情けない顔も見てきました。乗客は大抵、自分だけはその日のうちに出発しなければならない特別な事情があると信じているから、我先にとなりふり構わず人を押しのける。計画通りにいかないと人は取り乱すものだし、旅は壮大な計画だから、取り乱し方も壮大です。

一方、謝らなければならない事態になるとなぜか突然頭《ず》が高くなる航空会社は、「私は知らない、なんとも言えない」の一点張り。一概には言えませんが、その接客姿勢にお国柄が出ることもありますね。ケニア航空のスローガンは、「プライド・オブ・アフリカ」。ストの混乱の中、対応の悪さに憤慨して「あなた方はアフリカの誇りなんかじゃない。今日アフリカはあなた方を恥じている」と声を荒げる私に、肩をすくめて苦笑した職員の反応は、今思えば当然だったかもしれません。パソコン画面のデータ上は日本人で、肌も黒くない私が、実はれっきとしたアフリカ人でもあることを、彼らは知る由もないのですから。「何を失敬な」と思ったことでしょう。むしろ怒りもせずさらりとかわした彼らを称賛するべきかもしれません。パリでは、五百グラムに満たない重量オーバーで超過料金を要求され、その口調が高飛車だったのでムッとして「なんかセコい会社だな」と悪態をついたら職員は、「まあ、そういうことよ。私だって大変なんだから」と会社に義理立てなんかしないあっぱれな個人主義。香歩さんが泊まったロンドンの宿のコンシェルジュと通じるものがあるかもしれませんね。

こうして、飛行機をめぐるハプニングから脱出する頃にはいつも、人間不信と自己嫌悪が入り混じって血管の中はドロドロ、心身ズタズタというのが私の常なので、同じような修羅場にあっても、人の優しさや可笑しさといったすべてを肯定的に受け止め、白い光に包まれたまま生還する香歩さんのオトナぶりには脱帽です。

香歩さんにデーツを分けてくれた運転手さんの出身地、気になりますね。移民の運転手と言えば私もひとつ、今振り返っても複雑な気持ちになる思い出があります。

私はニューヨークが好きでこれまで何度か行きましたが、宿泊料がとても高いのでホテルに泊まったことはなく、インターネットのサイトを通じて一般家庭に泊めてもらう、いわゆる民泊を利用してきました。どんな大家かは到着するまでわからないのでリスクはありますが、運が良ければかけがえのない出会いが待っています。

例えば一度、「ゲイのプログラマー」と自己紹介している男性の家にお世話になりました。浴室が共用なら女性の家の方が望ましいというのが本音ですが、ハイシーズンであまり選択肢が残されていなかったので、そこに決めました。「怖くないの?」と案じる人もいましたが、私自身は気心の知れたゲイの友人が何人もいるので、これっぽっちの不安もなく、チェルシー地区のマンションの呼び鈴を鳴らしたのでした。同時多発テロ十周年記念の少し前でした。

扉が開くと、なんとパーティの真最中。広くはないアパートに大勢の人が集まっていますが、女性は一人もいません。そこに「自分より大きなスーツケースを引きずって」珍しく女が紛れ込んできたものだから、しばらくは注目の的です。この「新顔インタビュー」、司会は当時四十歳の物静かな大家さんではなく、目下居候中だという、体はたくましく顔はキラキラの若い美容師、Jさん。「カリーマって、日本の名前じゃないよね。アラビア語？　やっぱり！　なら、豚肉を食べないよね。安心して、僕たちも食べないから。その腕時計、ステキだね！」

驚きました。「豚肉を食べないよね」と断言するということは、私が少なくとも一部の戒律は守っているムスリムだと勝手に判断したことを意味します。私の出で立ちからそれを推測することは不可能なはず。しかし私を驚かせたのはそのことではなく、ムスリムだという前提で接しながらも、「ならば同性愛者に対して偏見があるのでは」と身構えるようなそぶりは一切見せず、ごく自然体で朗らかに私を迎え入れてくれたということです。固定観念にこだわるようでこだわらないおおらかな姿勢に、寛容の神髄を見た気がしました。

今思えば彼らの社交の場には、豚肉は食べないけれども同性愛者として生きるムスリムが普通に存在するのかもしれません。最近では、ニューヨークでアメリカ人の夫と暮らすインド系ムスリムの男性がメッカ巡礼を果たし、自らの信仰とセクシュアリティの葛藤を描く自伝的ドキュメンタリー映画「メッカの罪人」を発表して話題になりました。大家さんたちの周りにもそういう人々がいるのでしょう。とにかく私はすぐに彼らと意気投合し、観光はそっちのけでアパートに入り浸り、甘すぎて食べられたものではないアップルパイを一緒に作ったり、恋愛談義に花を咲かせたりと、計画とは大分違う休暇を過ごしたのでした。彼らがなぜ豚肉を食べないのかは聞きそびれましたが……。「世俗的だが一部の戒律は守る」ユダヤ教徒なのかもしれません。他の戒律はともかく豚だけは食べないというムスリムやユダヤ教徒は多いし、また豚肉を食べない信者が必ずしも「ハラール食品」しか食べないわけではないのです。

出発の日、Jがタクシーを呼んでくれました。次の行き先はペルーです。「自分より大きな旅行鞄」は、北半球用の夏服と南半球用の冬服が詰まっているからなのです。Jが車まで運んでくれたスーツケースを受け取りトランクに入れたのは、アラブ系の初老の運転手さんでした。服装やあごひげから、彼が厳格主義的ムスリムであることは明らかです。磨き上げられた上半身のほとんどが露出されるビリビリのTシャツを着た私の友人と、敬虔で保守的なおじさんを絵に描いたような、うちの親戚にも一人はいそうな私の同胞。

別々の世界に住む二人の間に、ほんの一瞬だけ、私のスーツケースという接点が生まれてまた消えるのを、境界線上の住人である私は不思議な気持ちで見守りました。「どっちつかず」を英語で「塀をまたぐ」と表現しますが、私もちょうど塀をまたいで両側で足をブラブラさせながら座っていたら、突然めまいに襲われた、という感じでしょうか。

Ｊの笑顔と抱擁に見送られて後部座席の扉を閉めました。私の出自を知ったら、このおじさんはなんと言うかな。呆れるかな、怒るかな……なんていうのは単なる自意識過剰。少なくとも黙っているうちは、私の出自も生き方も、おじさんの関心外です。「ＪＦＫ空港ですね。航空会社は？」。静かで、丁寧で、媚びも拒みもしない優しい声でした。私はアラビア語で答えたい衝動を押し殺し、英語で答えました。ちょっぴり寂しかったけれど、彼を守っている境界線をいたずらに動かしたくなかったのです。それが彼に対する、私なりの敬意の証でした。

「ムスリムの入国を規制し、メキシコ国境に塀をつくる」と主張するトランプ氏が正式に米大統領選の共和党候補に決まりました。Ｊや仲間たちは憤慨しているでしょうが、逆説的に言えば、彼こそこの不可解な時代に相応しいアメリカ大統領なのかもしれません。あの運転手さんや、香歩さんもおっしゃるように「社会の土台を支えている」多くの移民たちが、生きにくい国にならないことを祈るばかりです。

ニューヨークの民泊と言えば、実は南米から舞い戻った際、もうひとつ大事な出会いが私を待っていました。厳格な正統派ユダヤ教徒を父に持つ女性作家です。これもいつか香歩さんにお話ししますね。

師岡カリーマ・エルサムニー

11　あれから六万年続いたさすらいが終わり、そして新しい旅へ

師岡カリーマ・エルサムニーさま

世界各国の空港での勲《いさおし》の記録、今はこうして生きて帰ってきたとわかっているからどこかでほっとしながら読めるものの、群衆の中で失神、だなんて、思わず人波をかき分けて駆けつけたい心境になりました。まあ、よくご無事で帰ってきてくださったことよ。根無し草、なんておっしゃってたけれど、どうしてどうして、しっかり現地とコミットして（空港スタッフに鮮やかな一撃を与えたりして）、あちこちで根を下ろしていらっしゃるではありませんか！

私は民泊を試したことはないのです……すごくスリリングな気がして。カリーマは、な

んというか、果敢だ。果敢だけれど、無謀なのではない。異文化経験値の高さが、本能的にリスクの度合いを知らせてくれるのでしょう。チェルシー・プログラマー宅の居候、Jも素敵な人ですね。出会ってすぐさま、カリーマが豚肉を食べないことを見抜くなんて、確かにすごいことですが、なんとなくこんなことが起こったのではないか、「見てきたような当てずっぽう」をいいますけれど、どうかご海容のほどを。

……ゲイのプログラマーという家主紹介に怯むことなく宿泊を申し込んできたのだから、まずゲイに偏見のある人ではないだろう、でも日本から来るらしいのにこの名前は日本人っぽくないぞ、中東出身？　ならムスリムかもね、ムスリムなら戒律にこだわらないタイプかな、とおおよその見当をつけていたところに、カリーマが到着。周囲の状況に物怖じしない笑顔、スカーフもしていないし、出で立ちからして服装にもこだわらないようだけれど、黒髪、黒い瞳はアラブの血に由来するものかも、しかも知的で礼儀正しい。これは文化的に豊かなムスリムホーム育ち、そして、それならまず豚は食べない……。

この辺り、ひとが、自分と違うバックグラウンドと価値観を持つ人間に出会ったときの、まさにその一瞬に隠しようもなく現れる、様々な反応パターンを、体を張って受け止めてきたであろうJの、「直観の底力」のようなもの。そもそも宿泊先を決めるとき、チェルシーのゲイならきっと(文化的にも洗練されていて)楽しいかも、という直観が、カリーマにもあったのでは？　そしてそういうカリーマの寛容も、もちろん彼らはあらかじめ察していて(!)、互いのなかに、これは愉快にやれそう！　と思える、ある種の「健やかさ」への信頼のようなものを感じ取ったのでは？　凄まじい情報量の行き交い。こういうと、なんだかたいそうな手続きのようだけれど、それが一瞬にしてなされるところが、異文化体験なのでしょうね……そしてそれは、今この瞬間も、世界中いたるところでなされている……。

謹厳なムスリムのタクシー運転手の方と、型にとらわれないJの世界は、何の共通項もない、全く接点のない文化と文化のようだけれど、その両方にカリーマは親和性を持ち、そしてそのカリーマのスーツケースがまさに接点となって、二つの世界が繋がったというのは、何だか「じんとするくらい」シンボリックな光景ですね……。

先日、NHKのある番組を見ていたとき、日本人とアメリカ人の間に生まれた若い男性が(番組は、戦時中アメリカ人を一人でも多く殺すことを任務としていた元将校たちの一生を追っていたもので、その元将校は戦後あることをきっかけとして牧師となりアメリカ本土に渡って、自分が真珠湾攻撃部隊の総指揮をとったものであることを明かしつつ、布教活動に従事します。矢のような冷たい視線のなかで。この方が彼の祖父に当たります)、「自分は日本とアメリカのミックスだけれど、みんながますますミックスされていけば、やがてみんな同んなじになる」、正確には覚えていないけれど、確かこんな意味のことをおっしゃって、私はその、世界がどんどん開かれていくような明るさに、胸を打たれました。

違う文化を拒絶せず黙って受け入れた経験を、たくさん持てば持つほど、ひとの「寛容」はどんどん鍛え抜かれていき、そのことがきっと、私たちを「同んなじ」家族(趣味嗜好が違うおじいさん世代、孫世代が互いに干渉しない、でも互いの存在は認めている、という理想の――)にする、という観測は、あまりにもナイーヴな楽観主義でしょうか。でも今現在、目を覆わんばかりの殺戮が起こっている世界の一方で、全く違う次元の、あらゆるヒエラルヒーから自由な、「同んなじ」になろうムーヴメントが――やっている本人も意識しないところで――起こっているような気がしてなりません。この二、三十年、特に。もちろん、文化と文化が出会うときには摩擦や衝突も多いわけですが、でもそれだけじゃない。Jのような人びとの存在とか、ムスリムのタクシー運転手さんたちとか。殺戮をやめさせるために新たな殺戮を重ねていく愚行よりも、そして核をチラつかせて脅しに使おうとするよりも、まずはその、「違う文化がそこにあることを、とりあえずは認めよう、そしてできれば受け入れよう」とするムーヴメントの強化の方が、遥かに抑止力になるのではないかしら（今ここで唐突に、柏木哲夫さんが作られた川柳、「腹割って 話してわかった 腹黒さ」というのが浮かんだけれど、まあ、そういうのは、個々人の次の課題として）。

人類がアフリカ大陸から世界へ旅し始めたのが、今から六万年前らしいですが、その頃はきっと、それこそみんなほとんど「同んなじ」だったのだろうと推測します。これも見たわけではないので、当てずっぽうには違いないのですが、たぶん、私たちはその頃、「ひとつ」だった。

その間、六万年の間に、ほんとうに世界中の隅々にまで人類はたどり着いた。「地に満ち」溢れてしまった。そして皮膚の色も体つきも顔つきも、文化も、多種多様な花々が咲き誇るように、多様性を極めた。極め尽くした、といってもいいのではないでしょうか。ここが「極相」なら、世界はこれから、ゆっくりと、もとの「ひとつ」、「同んなじ」に戻ろうとする流れに入っているのではないかと思うのです。それはきっと、来た道を逆戻りするような単純な「退歩」ではなく、様々な色合いを持った糸が、交通や通信の影響で、より密接になることによって、ゆっくりと織られ、一枚の布になっていく、そんな「進歩」。それに反発する動きももちろんあって、つらく悲しい、残酷な出来事も起きるでしょうが、この流れには誰ももう、逆らえないのではないか。新しい旅は、もう始まっているのでしょう。そして、そういう時代に、個人にできることのキーワードになるものは、Jについておっしゃったところの「寛容の神髄」、すなわち、それぞれの「寛容」を鍛え抜き、洗練された寛容にしていくこと。それこそが、この旅を乗り切るための必須アイテムになる……。

そうそう、寛容、で、思い出すのは、この春九十四歳で亡くなった、あるアメリカ婦人のことです。彼女は結婚で英国に移り住み、やがて離婚して本業の傍ら下宿屋をしていたのですが、飛び込んできた人を拒む、ということがありませんでした。ゴーイングマイウエイのサウジアラビアのお役人留学生たちの傍若無人にも、そのときどきにはブツブツ言いながらも、いつでも受け入れていた。出所したばかりの元殺人犯ですら。彼女の質素で静かなお葬式には、世界中から人が集まりました。こういう市井の人の一人に、私も、せめて気持ちだけでも、なりたい。

今日は台風が過ぎたその翌日なのに、台風一過の青空、とは言えない、湿気のある、曇った一日でした。カリーマはもう、ヴェトナムから帰った頃かしら。それともどこかに寄り道しているのでしょうか。私自身はヴェトナムには行ったことがないのですが、その辺り、大昔の自分がウロウロしていたような気がします。六万年の間にはね。

次の食事会を楽しみにしています。

梨木香歩

12　ジャングルに聞いてみた

梨木香歩様

香歩さんの手にかかると、私のささやかな体験談も、たちまち深遠な思索と人間賛歌へと昇華されてしまう！　香歩さんが加えてくださる解説を読むと、自分の言葉足らずがよくわかります。「優れた知性は思想を語る。凡庸な知性は出来事を語る」。エレノア・ルーズヴェルトの言葉だそうですが、香歩さんと私の違いをズバリ言い当てています。マンハッタンの美容師Jの姿勢を「洗練された寛容」と呼んでくださったのも、まさに言い得て妙ですね。私の人生最大の幸運は、日本でもエジプトでも師に恵まれたことですが、香歩さんとの出会いでまた、新たな道標を得た思いです。でもこのくらいにしましょう、照れくさそうな笑顔が目に浮かぶようです。

アフリカから現人類が旅立って六万年ですか！　人類の多様性への旅はたったの六万年。エジプトや中国などの古代文明を語る時、「悠久の歴史」とよく言いますが、私も四十代半ばになって、最近は、文明の歴史って本当に短いなと思うのです。去る十一月、四十五歳の誕生日に、「四捨五入して五十だよ」と知人に言われました。その時に思ったのです。何も成し遂げず、大人にもなり切れず、瞬く間に過ぎた約半世紀。こんな人生でも二を掛けたら百年、二十人分重ねただけで千年、たった八十人分でピラミッドの歴史と同じ年月です。短い！　世代から世代へと継承される知識や発見の蓄積は単純な足し算では測れませんが、それにしても短いと思うのです。香歩さんがおっしゃるように「同んなじ」だった人類が、ここまで多彩を極めるのに六万年しか要さなかったとしたら、あるいは人間は、同んなじではいられない性分なんじゃないか。だとすれば、もう同んなじには戻れないんじゃないだろうか……と、香歩さんとは逆のことも考えてしまいます。でもその一方で、人は今も異質を嫌い、同化を謳い、他者を排斥せずにはいられない。この矛盾をどう説明すればよいのでしょう。

そんなことを考えていたから夕べはなかなか眠れなくて、暗い部屋で輾転反側《てんてんはんそく》していました。でもやがて雨が降り始め、最初の雨粒の落ちる音が耳に触れました。よほど大粒だったのでしょうか。屋内にいながら、降る直前の静寂と降り始めた瞬間の雨音の境目を意識的に聴いたのは、生まれて初めてでした。耳を澄ますうちに心が安らぎ、まもなく眠りに落ちたようです。こんな風に最近は珍しく、人間より自然にもっと耳を傾け、繋がろうとする欲求が湧いてくるのを感じます。人類に少し失望しているから？　いいえ、きっかけはたぶん、先日見てきたアンコール遺跡群でしょう。

　カンボジアのシェムレップはアンコールワットが有名ですが、実は広大なジャングルに様々な時代様式の寺院が点在しています。なかでも印象的なのが、密林に埋もれた謎の廃墟、タ・プロムでした。「石造の建物が巨木の根に浸食された発見当時のままの姿で、修復されずに」維持されている遺跡は、映画の撮影にも使われた一大観光地ですが、私自身は写真を一、二枚見たことがあったぐらいで、今回は予習もせずカンボジア在住の妹にぶら下がって行っただけに、衝撃は強烈でした。「根？」

　軽く人の背丈の四倍はある長さで、私の体より太い足を無数に持つタコが建物の上から覆いかぶさったような、これが木の「根」？　確かにそれらは、屋根の上で一本の幹となり、遥か高くまで空を突っ切っているから、なるほど根なのでしょう。植物オンチの私も今度ばかりは調べてみたら、この種類の木は（と曖昧な言い方をするのは、タ・プロムの木がどの種に属すのか、あちこちで記述が違うからです。いつか森にお詳しい香歩さんに教えを請わなければ）、幹が分岐し、それが気根となり垂れ下がっていくのだそうです。ふーん、でもなぜ、同じ種族の木々が、時には太々しいタコが跨がるように、またある時は繊細なレースをかけるように、あるいはゴブラン織のフレアースカートの襞で包むように、それぞれ異なるデザインで建物を「浸食」しているのでしょう。

たとえば、ある木が成長の途中で隣にある石の塔にぶつかる。襞を広げたいのに邪魔された木は、塔を形成する石と石の間に隙を見つけ、そこに指を突っ込んだが最後、縄のような枝が隙間を縫うようにしてくねくねと伸びていくのです。それは、別の木がやはり隣の建物に邪魔をされ、それならこっちにも考えがあるよと、側面から強者《つわもの》を一本送り込み、屋根の上を這って反対側に垂れ下がった結果、建物を抱きかかえるような姿になった造形とは、発想からして全然違う。意識的とさえ思えるような個性を木々の行動に感じてしまうのです。しかも、なんというセンスの良さ！

もしや木々にも意志があって、環境の諸要素の命ずるままに変容するのではなく、その都度独自に決断を下しながら生命を広げていくのではないだろうか。そう思ったら、人が棄てていった建物への対処を木々が話し合う様子がアニメのワンシーンのように浮かんで、頭を離れなくなってしまいました。「タ・プロム協議、決裂」。結局は個々の木が近くの建物を引き取って、思い思いに面倒を見ることになりました、とさ。

樹木は遺跡を脅かしているのか、逆に崩壊から守っているのか、専門家の間でも議論が続いているそうですが、私は絶対に後者だと思う。だって木々はもはや建物を包み込み、中に入り込んで、運命共同体と化しているのです。これだけの威力を持つ木々なのだから、もっと徹底的に破壊する選択肢もあったはず。そうはせずに、自らの領域に侵入してきた文明を受け入れ一体化する自然の、意志とセンスに圧倒されながら最初に浮かんだ言葉は「寛大」でした。さらに言えば、完璧な美意識と自信に裏打ちされた、たくましい寛大。これはしかし、「寛容を鍛える」という香歩さんの名言を読んだ今だからこそ浮かぶ言葉です。

この夏、フランス各地の砂浜におけるブルキニ禁止令が話題になりました。ヒジャーブを着用するムスリム女性のために開発された、ほぼ全身を覆うこの水着は、南仏ニース市長によれば「イスラーム過激主義の象徴だ」というのです。過激派は女性がブルキニを着て浜辺で戯れるなどということは許しませんから、これは説得力に欠けますが。ほんの数十年前まではヨーロッパの砂浜でも、警察は露出度が「高すぎる」女性の水着を取り締まったものでした。今度は露出度が「低すぎる」と言うのですから、勝手なものです。砂浜でブルキニの女性を警官が取り囲み、公衆の面前でそれを脱がしている写真が拡散され、囂囂《ごうごう》たる非難を浴びました。ムスリムからだけではありません。「イスラームという宗教は嫌いだけど、女としてこれは許せない。何を着ようと個人の自由」という意見もありました。

一方、禁止派の首相からは「胸をはだけたほうがフランス的」という暴言まで飛び出す始末。度重なるテロ事件に動揺したフランスの一部が、自らの理念を離れ、ある種のヒステリー状態に陥っているようにも見えます。が、私は一応、禁止派の気持ちもわかるのです。欧州の保守派にとってムスリムとその独特な服装は、美しき祖国を蝕む「他者」の象徴だし、フランスの市民権を得てもその文化や美意識には染まるまいとする頑なさも不可解でしょう。風光明媚な南仏の砂浜がまるでかつての植民地のような様相を呈し、「フランス」が失われていく。自分の国が一番だと信じる人なら違和感を持って当然です。でも、もし両者が互いに「違う」を恐れない寛容を「鍛える」ことができたら、そして社会の変容を反映した新たなフランス的美意識を共に築いていくことができたら、そのとき、人は「同んなじ」への第一歩を踏み出せるのかもしれません。

カンボジアの森は、後から来た建造物を受け入れ、包容し、互いに少しずつ身をよじり、形を崩し、場所を譲り合って、神秘のスペクタクルを造り上げました。人と人もそうありたい。フランスも日本も、そういう国であってほしい……森と対話してみたら、不可能が可能に思えてきました。これを縁に「自然と繋がる」第一歩として、柄でもなく「押し花をやってみよう」なんて思っている今日この頃です。あ、今、笑ったでしょう。

師岡カリーマ・エルサムニー

13 名前をつけること、「旅」の話のこと

師岡カリーマ・エルサムニーさま

ほんとうに人間って矛盾だらけの生物ですね。おっしゃるように「異質を嫌い、同化を謳い、他者を排斥せずにはいられない」。今はまるで世界中に蔓延し、猛威を振るうウィルスのよう。でも、カンボジアのタ・プロムでのご体験には、確かに何か、この事態を乗り切るためのヒントが潜んでいるようです。

遺跡を呑み込まんばかりの圧倒的な植物の描写、臨場感に溢れていてぞくぞくとしました。私の知っている植物のなかでは、アコウの木に近いのかなと思いましたが、あれは日照権獲得のため、他の植物の樹上で発芽し、気根が上から下へ垂れていくものですから、お書きになったような迫力で根っこが遺跡をカバーしていくのとは、ちょっと違う……。

調べると、現地の日本語ガイドブックの類いには、ガジュマルという説明がしてあるものが多いようですね。でも確かにガジュマルでもなさそうだなあ、なんだろう、私も知りたい、と、東南アジアのジャングルの植生にも詳しい、植物学者の塚谷裕一《ひろかず》さんにお尋ねしてみたところ、かの地での遺跡への侵入が著しい植物のなかで、目立つのは、Datiscaceae（ダティスカ科）の Tetrameles nudiflora で、多分これであろうということ。ただなんと、この植物には和名がないそうで、「学名でテトラメレスとでもしていただくしかないかもしれません」。ちょうど、アコウの木のフランス語名を調べていて、結局それはないのだとわかったばかりだったので、「名前はまだない」という現実があることに、ほうっと感じ入ってしまいました。何の疑いもなく使ってきた手持ちのツールに、重大な「欠け」が見つかった、その「欠け」はツール自体の限界を語るような欠けであった……見聞できないものには名前がない、つまりその言語が支配している世界では存在しないも同じ。当然のことと言えば当然。名前がつくことで、その言語世界での「存在」が担保される。固有名詞だけでなく、昔から名は知らずとも確かにあったに違いない抽象的なものにも、その名前を知った途端に、それがあたかも今までになかった局面を切り開いて見せてくれるような気がすることがあります。

今回のお手紙で言えば、名前というのではないけれど、個々の木が思い思いに近くの建物を引き取って面倒を見る、という空想の表現、「乗っ取って」、と言ってもいい状況を、「面倒を見る」と言語化なさったところ、なんだか、大げさに言えば、新しい世界が開かれたような感じがした。そして、ちょうど、長いことどう表していいのかわからなかったシーンのことを思い出しました。

十年ほど前、トルコの山奥の小さな村の、小さなモスクを訪れたときのことです。その小さな村には、昔、ギリシャ人たちが住んでいた。一九二三年のギリシャとトルコの住民交換の際、彼らは一斉に村を出、代わりにギリシャから帰されたトルコ人たちが住むようになった。村に遺された正教会の建物を、やってきたトルコ人たちは取り壊すことなく、ミナレットをくっつけてそのままイスラーム寺院としたのだそうです。だから私が見学したとき、内部のタイルが剥がれているところからは、フレスコ画のキリスト像が見え隠れしていた。高地の村でした。透き通った山の空気が気持ち良かった。朴訥《ぼくとつ》というか、のんびりしたというか、穏やかな日差しのなか、ニワトリが走り回っているようなモスクと、地元の人たちのはにかんだ笑顔が、まだ記憶に残っています。そのモスクは、彼らにしてみれば異教徒たちの信仰の跡です。けれどこの平和な感じはなんだろう、どう言ったらいいのだろう、どう言語化したら、この「感じ」が表せるのだろう、とずっとそのことはペンディングになっていました。

ムスリムが教会を乗っ取ったのではない、置いていかれた建物を利用しつつ「面倒を見ている」。そういえば、なんとしっくり、そのときの私の印象を言い表せることか。

たぶん、当時の彼らの心情としてはそれほど気負ったものではなく、まあ、資材ももったいないし、めんどくさいからこれでいいや、というゆるいものだったのでしょうが……でも、このゆるさもまた、今の時代、私たちは「寛大」と呼べるのではないか。

そう、あのブルキニ事件。どんな服を着ようがどんな宗教を奉じようが個人の自由。アメリカに自由の女神像を贈った国がここまで……と、私も呆然としました。ファッションだったら何を着ようが黙認されるのに、相手が肌をさらすことを極度に忌避する宗教に帰依していることがわかっていて人前でそれを脱ぐことを強要する——宗教が絡むと、人の心に何が起きるのか。バカンスを楽しむ平和な夏の浜辺までやってきて、こんなサディスティックな拷問まがいのことをする……。

ずいぶん昔のことになります。幕末、日本が長い鎖国時代から開国へ向けて動き出した頃、各国の商人たちと同時にキリスト教の宣教師たちも日本に入り始めました。切支丹禁止令はまだ有効でしたが、自国の信徒のため、という名目だったようです。長崎の大浦では天主堂が建てられ、フランスから神父がきたというニュースに、浦上村の隠れキリシタンたちが天主堂を訪れます。この日、一八六五年三月十七日。二五〇年も隠し通してきた自分たちの信仰を初めて異国の神父に告白した。この「信徒発見」(これがこの「事件」の一般的名称ですが、何やら「新大陸発見」、というのと似ていてちょっと引っかかりますが、まあ「寛容を鍛えて」から、次々にキリシタンたちが名乗りをあげ始め、黙認できなくなった幕府は主だった信者を検挙、中世さながらの激しい拷問を加えます。

これが世に言う「浦上四番崩れ」の始まりでした。キリシタンが摘発、処刑されることを「崩れ」と呼んだのだそうです。当然、一番崩れから三番崩れまでも存在しましたが、この四番崩れが一番大掛かりで苛酷を極めたものだったようです。一八六八年、明治政府になってからもキリシタン迫害は続き、浦上村のほとんどの村民、約三四〇〇名の信者たちが各地へ流罪となり、拷問で殉教するものも多く、各国からの非難抗議で一八七三年ようやく信教の自由が認められ、生き残った信者たちは浦上へ帰ってきました。

帰郷した信者たちは、各地で自分たちの経験した取り扱い、加えられた拷問などを繰り返し語り始めます。非常に興味深いことに、彼らはその経験の総体を、「旅」と呼ぶのです。

彼らの話を聞き書きし、『旅の話』と題してまとめたのは、カトリック教会初の邦人司教、浦川和三郎師で、彼は母親がこの浦上四番崩れの体験者であったので、この「旅」を後世に残すことに並々ならぬ思いがあったようです。

船に乗せられ遠くは熊野、北陸まで送られる。もしもこんなことがなければ一生浦上村から出ずに終わった人がほとんどでしたでしょうから、その部分はいわゆる旅に違いなかったでしょうが、彼らは向こうで一箇所に押し込められていた部分をこそ「旅」と名づけて語り続けた。彼らの心の揺れ動きよう、自分の心の暗部から光り輝く高みまで歩んだ、それはほんとうに壮大な「旅」だったのでしょう。

それまで彼ら彼女らは、幼い頃から、聖書と目上の導き手の言うことを素直に信じ、疑うことなくそれに従ってきた。信仰心篤い少年少女だったことでしょう。抵抗することなく捕縛され、それがまるで神の国への通過点であるがごとく、拷問に耐え抜く。ある者は仲間を叱咤激励しながら。これさえ乗り切れば、と。

私は、けれどよくわからないのです。こういうことを強固な信仰心、と呼んでいいのかどうか、わからない。信仰、という名前のつけ方で呼んでいいのか。宗教的組織の「教え」に従い、ブルキニを着る少女のそれも。

紙面が尽きそうです。押し花、増えつつありますか？　そうそう、それからユダヤ人作家宅での民泊、カリーマの「旅の話」、また教えてくださいね。

梨木香歩

14 信仰、イデオロギー、アイデンティティ、プライド……意地

梨木香歩様

増えていますとも。この押し花ほど柄に合わないプロジェクトに取り組んだのは生まれて初めてですが、自分でも驚くほどまめまめしく続いていて、花や花屋さんにいろいろ教えてもらっています。例えば、週一回立ち寄るようになった駅の花屋。筋金入りの植物オンチですから、毎回、買った花の名を店員に尋ねます。「コスモスです」なんて答えられると、「コスモスも見分けられないのか」と情けなくて苦笑するのですが、最近は私を覚えてくれて、何も言わなくてもブーケの花の名をカードに書いてくれるようになりました。

印象的だったのは、南国の花が押し花にされるのを執拗に拒むこと。水分を多く含んで

いるので、何週間たっても乾いてくれず、しまいには腐ってしまうのです。「私の使命は土に帰ることよ。腐っても乾きゃしないわよ」と言われているようで、考えてみれば当たり前のことを、こうして花との対話で学ぶのもまた楽しいものです。

そう、前回はカンボジアのジャングルに夢中で、ニューヨークでの忘れられない出会いについてお話しするのを忘れていました。実はこのエピソード、五年ほど前にアラブ情勢の専門誌に書いたのですが、香歩さんにこそ聞いて頂きたい思い出なので、焼き直しになってしまうことをお許しください。

二〇一一年九月十一日、つまりアメリカ同時多発テロから十年が過ぎた日の朝、私はニューヨークのJFK国際空港に到着しました。旅券審査の列に並ぶと、ちょうど市内ではオバマ大統領も出席する十周年記念式典が行われていて、空港に設置されたテレビ画面でも中継を見ることができました。アラブ人が起こした大事件の記念式典の最中に、アラブ系の私が入国許可を待つ人々の列に加わるのは、なかなか気まずいものです。「一日ずらすべきだったな」。そう思いながら、くねくねと折り重なるように延びた到着客の列を見渡すと、顔まで隠す黒いベールを纏ったムスリム女性の姿もちらほら見えます。「度胸あるなあ、こんな日に。彼女たちが入国できるなら、Tシャツにジーパンの私はなんの問題もなさそうね」と安心する浅ましさは自分でも感心しませんが、それが本音でした。

十年前の同じ日に、最初のハイジャック機が貿易センタービルに突っ込んだ八時四十六分、場内アナウンスに従って旅券審査は中断され、全職員が起立して黙禱を捧げました。二機目が突っ込んだ九時三分も同様で、計五回に渡って審査が中断されたと記憶しています。そしてようやく私の番が来ると、係の男性(太った陽気な白人でした)はこう言ったのです。「何度も中断して申し訳ない」。人は会ってみなければわかりませんね。

さて、今回の民泊はマンハッタンのやや高級なアパートで、家主は作家のアメリカ人女性と、夫のフランス人画商。いきなり夫婦の質問攻めにあって、すぐに私がアラブ人ムスリムであることが判明、それを受けて夫人のSも自分がユダヤ人だと明言しました。パレスチナにイスラエルが建国された一九四八年以降、激しく対立してきたアラブ人とユダヤ人。私の経験では、初対面同士で片方がアラブ人だとわかったら、もう一人がユダヤ人なら速やかにそれを明かす、その逆もしかりという、ほとんど本能的な暗黙の了解があります。この時は、「でも私たちは仲良くしようね」という含みを持つ立場表明でもありました。ヨーロッパ生活が長く、アメリカ人とは話が合わないと感じていた彼女は、ある日思いがけずアラブ人が泊まりに来たので大興奮。私は旅の疲れで頭が朦朧《もうろう》としていましたが、着いた早々この夫婦と何時間もお茶を飲む羽目になったわけです。

「オバマ大統領の最大のミスは、キリスト教右派の頭の中がどれほど腐っているか、わかっていなかったことよ。資本主義の腐敗はキリスト教に原因がある。そう思わないこと？」

その口調には、単に同意を求める慣用表現を超えた、同類意識とか連帯表明といった歩み寄りが感じられ、私は言葉に詰まりました。

滞在最後の日、締め切り前の忙しさにもかかわらず、Sは外で食事をしようと誘ってくれました。自宅で話そうにもお喋りの夫に邪魔されてばかりだったので、女同士、気兼ねなく話したかったのでしょう。彼女は舞踊評論家でもあり、私はバレエが大好きなので喜んで出かけたのですが、彼女が話したかったのはダンスではなく、もっと個人的なことでした。

Sは、厳格なユダヤ教徒の家庭に生まれました。頑固な父親は、息子たちを大学に通わせる一方、娘には結婚以外の将来を望まず、進学を許さなかったそうです。才能溢れるSは家を飛び出して自力で大学に通い、「もっと遠く」フランスを目指し、そこで将来の夫と出会いました。

パリのアメリカ人を対象に英字新聞を発行したり、「子連れでもスマートに旅する方法」を追求する記事を一流ファッション誌に掲載したりと、文筆家として成功した彼女を、父親は長年許さなかった。それでも永遠に父と縁を切ることは考えられなかったそうです。

「好きになった人がユダヤ系でよかったわ。異教徒と結婚したら間違いなく勘当されたでしょうし、家族に絶縁されたら私は生きていけないもの」

釣り合わない夫婦だと思っていた私は考え込んでしまいました。逆にユダヤ系でなくても、彼を好きになったでしょうか。

「あなたのお父さんはどうだったの？」

そう問いかけた彼女は多分、同じような生い立ちを私に期待していたはずです。でも私の父は、敬虔なムスリムであると同時に、Sの父親とは正反対の考えの持ち主でした。「お前は結婚しない方がいい。勉強し、大成し、人々の尊敬を集めてほしい」。私はそう言われて育ったのです。

「あなたは幸運ね。同じ成功するでも、お父さんの祝福があるのとないのとでは、まったく違うのよ」。そう言ってSは涙をぬぐいました。

「アラブ人とユダヤ人であるにもかかわらず」ではなく、「アラブ人とユダヤ人であるからこそ」、私たち二人に与えられた特別な時間。パレスチナは誰のものかと議論するでもなく、意地を張り合うでもなく、自然体で姉妹のような関係を築くことができたのは、少し乱暴な言い方かもしれませんが、女同士の特権かもしれません。

自分らしく生きるためには、大西洋を隔てるほど遠く父親から離れなければならなかったのに、勘当されたら生きていけないという彼女。この親子の関係は、私や彼女のようなセキュラー(世俗的という訳はしっくりこなくて)な人間と、私たちが生まれつき属している宗教との、複雑な関係とよく似ています。

今回香歩さんは、激しい拷問にあっても信仰を放棄しなかったキリシタンについて書かれていました。「こういうことを強固な信仰心、と呼んでいいのかどうか、わからない」と。私にもわかりません。全知全能の神を信じるなら、こうも信じられるはず。たとえ口ではキリストを放棄したとしても、心の信仰は無傷だと神は知っている、そして許す、と。私なら嘘をついて拷問死から逃れてしまうでしょう。信仰は、神でなく人のためにあると思うのです。神は人を必要としませんから。人と神との関係を司る精神の領域である信仰が、人と世界との対峙を司る自我の領域と重なったとき、信仰はイデオロギーとなり、自己定義のアイデンティティとなり、どんな責め苦にあっても譲れないプライドとなるのかもしれない。周囲を見ているとそう思えるけど、それではナショナリズムと違いません。何かが違うはずなのだけれども。

結局私にも、わからない。命を棄てるほどの信仰心もまた、一部の人が持って生まれた素質だから。私には測り知れないけれど、私に与えられた使命はきっと別の次元にあるのでしょう。腐るために生まれた南国のランは、東京の冬にも乾かないように。

師岡カリーマ・エルサムニー

15 日本晴れの富士

師岡カリーマ・エルサムニーさま

去年(二〇一六年)の年末は世界がきな臭く、(関連するカリーマの新聞コラムを読んで)衝動的に連絡することはあったけれども、結局お互いがどうやって新年を過ごすかというような、平和な(?)話題にはとうとう触れられないまま、暮れていきましたね。

今年の元旦から続く三が日は、ほんとうに晴天に恵まれました。と言っても、関東の一部地域は、ですけれども。今はそれから少し経ったけれど、寒の入りを迎えて急に落ち込んだ気温が、清められた気配をまだ長持ちさせているようです。

年明け、あまりに空が青く澄んでいるので、富士が観たくなって、自宅から二時間ほどかけ、一番好きな「富士スポット」まで出かけました。観光地というようなところではなかったので、今までそこで他人に会ったことはあまりなかったのですが、今回は、何組かの人びとがいて、すぐに彼らが日本人ではないことに気づきました(アジア人、ではあった)。自分でも訝しく思うのですが、日本人同士だと他人に突然微笑むなんて滅多にないのに、相手が外国から来ているとわかると、つい微笑みかけてしまいます。きっと自分がそういう旅をしているときのことを思うのでしょうね。すると向こうからもホッとしたような満面の笑みが。ここが隠れた富士スポットであることを、彼らは不思議な情報網で知ったのだなあと感心しつつ、深呼吸して気持ちを富士山に集中しました。

ほんとうに晴れ晴れと凛々しく、うつくしい富士山でした。

私は何か、歌を歌いたくなりました。富士山の歌といえば、「富士の山」。けれど、私は小さい頃から、この歌には引っかかりがあるのです。「あたまを雲の　上に出し　四方の山を　見おろして　かみなりさまを　下に聞く　富士は日本一の山」。この一番の、「四方の山を　見おろして」というところ。富士山は、別に他の山を見おろしているわけではない、ただそこにあるだけだろう、と思えてならなかった(自分でも、幼いながら、それはなんだか揚げ足取りの言いがかりのような気もして、今まで口にしたことはなかった)のです。そんなふうな擬人化は、富士山の無理やりな矮小化に思え、山を、自然を冒瀆しているように感じたのでした。もちろん小さい頃はそんな言語化はできなかったのですが。

序列化したがる、階級をつけて上のポジションに上がることをよしとする、というのは、どうも群れの生きものの持って生まれた宿命ではないかと思うくらいです。この曲の作詞をした人も、そんなことは何も意識せず、心のままに書いただけなのでしょう。だからこそ、無防備にその人の世界観が現れる。だいたい、頭を雲の上に出していたら、見えるのは雲の上の世界。天と、自分しかいないはず。

信仰も本来、そういうものなのでしょう。それは神と、自分しかいないと措定された場の話であり――もしかしたらそこには自分しかいないのかもしれないけれど――少なくともそこは他者との関係性が入ってくる余地のない場として、人間が自らの切実な必要のために辿りつく場所……。

前回のお手紙の題、信仰という言葉の後に「意地」を見て、思わず吹き出しました。意地！　本当に名づけようですね。

「人と神との関係を司る精神の領域である信仰が、人と世界との対峙を司る自我の領域と重なったとき、信仰はイデオロギーとなり、自己定義のアイデンティティとなり、どんな責め苦にあっても譲れないプライドとなるのかもしれない。周囲を見ているとそう思えるけど、それではナショナリズムと違いません。何かが違うはずなのだけれども」。そう、何かが違っていてほしい。

例えばゴミの分別を守らない人に対する苛立ちの根っこにあるもの、「私は守ってるよ、だからあんたも守れよ」という、戦中の「贅沢は敵だ」的なレベルのことが、恐ろしいことに、宗教がらみの場で、「信仰」の問題と名づけられて、他者への強制や自分自身への縛りとすり替わっているのだとしたら。きっと、信仰に意地が入り込んできたとき――「意地」は何かを意識したとき発生するものだから。それはきっと、おっしゃるところの信仰が「人と世界との対峙を司る自我の領域と重なった」とき――それは本来の信仰とは違うものに変容し、その途端、スイッチが入ったように何かが(意地、かしら?)加速するのでしょう。愛国心だってそうなのではないでしょうか。自分の国を愛し、日本の富士山は素晴らしいと思う気持ちは私にも素朴にあります。そこに序列化欲求、優越欲求が入り込んで意地が加速すると(ヘイトスピーチなど)ああも見苦しいことになる。そうなったらそれは、国粋主義。自分の変容スイッチの在処《ありか》を意識し制御するのは、各々の内的な作業に任される。

ユダヤ人作家、Sさんとの出会いも、書いてくださってありがとうございます。なるほどなあ、とまず思ったのは、アラブ人とユダヤ人が出会ったとき、お互いすぐさまそのことを名乗り合うというところ。長い付き合いになろうが短い出会いであろうが、そこからまずスタートするのですね。そして、文化の垣根の深いところで流れている伏流水が出会うような、魂の邂逅。Sさんには長い長い間、抱え続けてきた問題があって――民族、信仰、共同体、家族の固くこんがらがったほぐしがたい網の中で、彼女というユニークな個性を持った個人が魂を圧殺されることなく生き抜くにはどうしたらいいのか、という切実極まりない――その伏流水はいつもどこかで他の水脈に出会うことを渇望していたのでしょう。あまりに長い間の懊悩だったので、もう表面的な文化の差異などものともしない深さを流れている伏流水だったけれど、他の伏流水と出会うためにあった条件は、たった一つ、intimacy――親密さが醸成されていること。それだけを足がかりにして、魂は、「ああ、まどろっこしい手続きなんか踏んでる場合じゃないわ」、とばかり、この邂逅を成し遂げたのでしょう……。

そういう邂逅に恵まれると、群れの生きものであることとの恩寵を思います。こういう intimacy の中でしか得られない安らぎというものをありがたいと思います。ことに、ずっと一人で遠く旅をしていたときには。Sさんもそうだったに違いない。

お二人の出会いを拝読しながら、『鳥と砂漠と湖と』(原題 *Refuge.* テリー・テンペスト・ウィリアムス)という作品を思い出しました。環境保護活動家でもある著者は、ユタ州のグレートソルト湖近くに代々住む、「権威は尊敬され、従順が尊ばれ、自分で考えることは奨励されない」という、非常に保守的な、けれど絆の強固なモルモン教共同体の出身です。が、ネバダ砂漠でずっと続けられてきた核実験が(ユタのモルモン教徒たちはそれに異議申し立てをしてこなかった)、彼女の大切な肉親——二人の祖母、六人の叔母、母——を乳がんにし、地域に住む女性たちの多くを「片胸の女たち」にしてきたのではないかと認めざるをえなくなり、ついに行動に出る。彼女は、たとえ教団から糾弾されることになっても、と決意した上でのことでしたが、共同体を深く愛し、けれど激しく疑問も感じている彼女のような存在こそが、自身のキャリアとともに、モルモン教文化、モルモン教そのものをも、一層奥深く多様化させていくのだと思った。彼女を根っこのところで支えているものの象徴が、男性優位の教義からはみ出したところで続いてきた女たちの儀式。そのことを、今回のSさんとカリーマの出会いの話が、思い出させたのでした。

富士を見た帰りの車の中で、私は「富士の山」を歌いました。昔、どうせ擬人化するなら、と、勝手に替え歌にした、その歌詞で。「あたまを雲の　上に出し　四方の山を　見守りて　かみなりさまは　下で鳴る　富士は日本晴れの山」。大声で。うふふ、気持ちよかったですよ。

梨木香歩

16　今日も日本晴れの富士

梨木香歩 様

　お手紙を頂いてすぐにユーチューブで聴いた唱歌「富士の山」のメロディが今も耳に残って、香歩さんのオリジナル歌詞とともに、笠雲のように頭の上を回り続けています。香歩さんにとっても富士山は、志を新たにする新年に会いに行きたい存在なのですね。日本人同士なら滅多にないことなのに、とっておきの富士見スポットで出会った外国人には微笑みかけたという香歩さん。日本人でも外国人でも、優美さと威厳を合わせ持つ富士山に魅了されない人はいません。富士山を愛《め》でるに相応しい人類でありたいという共通の畏敬の念を呼び起こす力がその姿にはあって、そういう感情の共有が国籍や言語を超えたものであるとき、そのつながりを確かにするために、人々は微笑みを交わすのかもしれません。

そんな「霊力」が富士山にもありますね。

霊力と言えば、私も富士山と霊的に「繋がった」(と主張できるような)経験があるのですよ。十年前、今のマンションに引っ越して半月後のことです。年が明けたばかりで、私は外が明るくなってもしばらくベッドでウトウトしていました。その時、瞼の裏に富士山が現れて、「ここにいるよ」と(アラビア語で)言ったのです。ベランダからの眺めは気に入っていましたが、反対側にある共有部の廊下から何が見えるかは、それまで考えもしませんでした。飛び起きて、寝間着のまま玄関の扉を開け、パーティションの隙間から外を見たら真正面になんと、白い冠を被った富士山が威風堂々と鎮座しているではありませんか。初夢ではなかったけれど、富士山が自ら呼んでくれたという思い込みは、「きっとこの家を選んだことは吉と出る」と信じさせてくれたものでした。

盆も正月もないラジオの仕事をしているので、私は新年もイード(ムスリムの祭)も、なんにも祝いません。イードは年二回、ラマダーン明けと巡礼の時期に廻《めぐ》ってきます。父の存命中は、日本でも盛大に祝いました。代々木上原のモスクでイマームとして集合礼拝を司った後、父は何十人もの信者を連れて帰宅するから、母は料理にてんてこ舞い。私は五年生の頃から皿洗いを任されました。なんでうちだけ、と文句を言う私に母は、「お客さんがたくさん来る家は幸せなのよ」と言い聞かせたものです。エジプトに帰ると、今度は大家族が集まるのがイードの日。やはり三十人近くの大食漢にご馳走を振る舞うため、母と私は何日も台所に立ちっぱなしでした。こういう子ども時代の反動で、今は何も祝えない職業と、何も祝わなくてよい自由とを心から楽しんでいます。ひとつだけ、私が楽しみにするのが除夜の鐘。自宅のすぐそばにお寺があって、生で聴けるのです。大晦日の夜は、テレビもパソコンも灯りも消して最初の鐘の音を待ち、鳴っているうちに眠りに落ちる。これが私の幸せな習慣です。

信仰に意地という言葉をくっつけた不遜とも言うべき私の問題提起に対する香歩さんの解説、美味《うま》すぎて舌鼓を打ちました。

「例えばゴミの分別を守らない人に対する苛立ちの根っこにあるもの、「私は守ってるよ、だからあんたも守れよ」という、戦中の「贅沢は敵だ」的なレベルのことが、恐ろしいことに、宗教がらみの場で、「信仰」の問題と名付けられて、他者への強制や自分自身への縛りとすり替わっているのだとしたら」。

少し前に観た、実話に基づく英国映画「あなたを抱きしめる日まで」を思い出しました。舞台は国民の大半がカトリックのアイルランド。少女フィロミーナは戒律を破って未婚で妊娠し、修道院で出産します。そこでは多くの未婚の母が、破戒の償いとして過酷な労働を課されていました。さらに子どもは修道院の一存で、アメリカなどに養子に出されてしまう。当時（一九五〇年代）アイルランドでは、そうして六万人近い子どもが母親から引き離されたそうです。フィロミーナも、別れを告げることさえ許されずに幼い息子を養子に出され、その後はどんなに懇願しても、修道院は息子がどこにいるのか教えてくれなかった。成人した息子も生みの親を探しますが、修道院は嘘をついて協力を拒みました。しかし半世紀が過ぎても息子への思いは断ち難く、老いた母はジャーナリストの助けを借りて、奪われた息子を探す旅に出るのです。頑なな、いやとことん意地悪な、と言っていいほどの修道院の態度。旅の終わりに、フィロミーナと無神論者のジャーナリストは、養子縁組に関わった、今は高齢の修道女と対面します。このシーンが引っかかるのです。「なぜ情報を隠したのか」と詰め寄る記者に答える修道女の言葉。「私は神の教えに従って犠牲と禁欲を貫いた。でもフィロミーナは掟を破ったのです」。

はじめは強い違和感を持ちました。神の道に身を捧げた老尼僧が、「私は我慢したんだから、あなただって」なんてつまらないことを言うでしょうか。実話に基づく映画でも、詳細は脚色されます。この台詞が教会に反感を持つ作り手による創作であれば不誠実だけれど、実際に老尼僧がそう言ったのだとすれば、失望を禁じ得ない。でも……。今思えばこれも私の偏見なのです。「カトリックなら禁欲せよ、掟を破ったら子を棄てて償え」という修道院の強制が不当なら、「修道女なら自我を棄てて万人を赦せ」という私の要求も残酷なのです。「ムスリムならヒジャーブを着用するべき」と決めつけるのと同次元ではありませんか。

「今まで読んだものをすべてふるい落としたら、私には何が残るだろう」。こう書いた詩人がいました。「私」と「私が読んだもの」を切り離すなんて不可能でしょうか。では、宗教や主義主張をふるい落としたら？　その時残るその人の本質は、宗教をもってしても変えられない。たとえ修道女であっても、その人の持って生まれた資質や誰も知らない葛藤がある。宗教が矯正できる欠点もあれば、できない欠点もある。老尼僧の「見苦しい」姿から学ぶべきことはそれなのかもしれません。その人の信仰故にあるべき姿を基準にその人の行いを裁くのは、必ずしもフェアではないということ。

この話でもうひとつ、こちらは微笑ましいエピソードを思い出しました。ヨルダンでミッション系の女子高に通った友人の話です。エジプトを含む一部のアラブ諸国では、ムスリムも進んで、修道会が運営する学校に子どもを通わせます。アラブでは、何よりも将来を約束するのが語学力と国際性。西洋人の尼さんが教鞭を執り、規律を重んじるミッション・スクールは、ステータス・シンボルなのです。友人が通った学校は、校長のレバノン人修道女がひときわ厳しく、通りかかっただけで生意気盛りの少女たちが直立するほど畏れられていたそうです。異性と交際するなんて問題外でした。

さて、卒業した翌年、婚約のニュースを伝えたくて母校を訪ねた元生徒がいました。先生たちの祝福を一通り受けた後、校長室にも立ち寄ります。

「シスター、私、婚約しました」

「まあ、ちょっと早すぎるんじゃないこと?」

「でもシスター、私、彼を愛しているんです」

「そうですか。それであなた、その人のことは在学中から知っていたの?」

幸せいっぱいの彼女は何も考えず正直に答えました。「はい、シスター」。すると校長も即答です。「出ておいき!」。厳しすぎるクリスチャンの先生の思い出話でムスリム女性が盛り上がる姿なんて、西洋人には信じられないでしょうか。

五月に来日するコスタリカの友人から、富士山観光の問い合わせが来ました。やっぱりね。早速、色々調べてあげましょう。地球の反対側から人々を引き寄せる巨大な存在がすぐそばにあると、心は寛大になります。これこそ愛国心の定義であるべきですね。世界を魅了する富士山に恥じない世界人を目指して。

師岡カリーマ・エルサムニー

17　母語と個人の宗教、そしてフェアネスについて

師岡カリーマ・エルサムニーさま

お手紙拝読。新年の明け方、半覚醒時の瞼の裏に富士山が顕現するなんて、なんという神秘的な体験でしょう。しかも、その富士山が、アラビア語で「ここにいるよ」と語りかけるとは。カリーマは日本で幼い頃を過ごしたとはいえ、思春期の、誰にとっても激動の時期をエジプトで過ごしたのだから、アラビア語もまた母語。日本の象徴のような富士山が、その母語で語りかける……。みごとに統合されたアイデンティティを見るようで、こういうヴィジョンが現れるに至った道のりは、私の想像も及ばないものであったでしょう……。「ここにいるよ」。アラビア語を話す富士山は、大丈夫、もう未来永劫自分が揺らぐ

ことはない、そのままで行け！と、カリーマの日本人性とエジプト人性の両方をことほいで(お正月でもあっただろうし)いるようです。

エルサムニー博士が、三十人を超えるような人数を連れて帰って来る、というお話もまた、おお、とその壮観を思い浮かべつつ息を呑んで拝読しました。私は博士にお会いしたことはないけれど、夫人の師岡さんに、彼女はきっともてなしてくれる、という絶対的な信頼(と甘え?)をおいてお帰りになる博士は、そのたびきっと誇らしかったことでしょう。子どもだったカリーマも駆り出された(きっと「これはおかしい！」と、やるせない思いで小さなほっぺを膨らませていたのでしょうね)。「お客さんがたくさん来る家は幸せなのよ」とたしなめる師岡さん。心を込めて料理に向かう師岡さんの姿が目に浮かびます。ふと、新約聖書のマリアとマルタ(ルカ一〇：三八―四二)の話を思い出しました。

イエスを自宅に迎えてもてなしの準備にてんてこ舞いのマルタをよそに、妹のマリアはただイエスの言葉に聞き入っている。たまりかねたマルタは、イエスに「主よ、私の手伝いをするように、妹におっしゃってください」と訴える。「またとない重要な機会に、こんなどうでもいいことに拘泥する、女ってやつは！」の典型でもあるのでしょう。けれど、マルタに心寄せる人々も多かったことは、後に彼女がフランスに渡り、「主の御名において」ドラゴン退治をするという痛快な伝承が生まれたことでも明らかです。とまれマルタのこの訴えに対してイエスは、「マルタよ、マルタよ。あなたはいろいろなことを心配して気を使っている。けれど、どうしても必要なことは一つだけです。マリアはそれを選んだのです。彼女から取り上げてはなりません」と諭す。

十九世紀後半に活躍したある女性は、この「どうしても必要なことは一つ」というところに、one course of dish is necessary という書き込みを(自分の聖書に)した。そのことを教えてくださったのは、宗教哲学者の小林恭氏です。どうしても必要なもの、それは「一皿の料理なり!」とこの女性の内なる声は思わず叫んだのでしょう。

その女性とはクリミア戦争時、看護団を組織して前線に向かったナイティンゲール。小林氏は、ナイティンゲールを積極的神秘主義者として論を展開なさっており、私はそれに感銘を受け、以来ナイティンゲールはずっと(流行りの言葉で言うところの)「マイ・ブーム」なのです……。彼女はもともとユニタリアンの家庭で育ったので、イエスの神としての絶対性には疑問を持っていたようですが、看護学生への書簡等を見ると、しかるべき場所ではごく普通の敬虔なクリスチャンとして振る舞っていたようすがわかります。したたかに政治的で、どこまでも真摯で、宗教性の深さと高みを追求した彼女の独自の信仰——

思想や哲学というよりもっと切迫した、個人の宗教、だと私は思うのですが――を生き抜くために。

一皿の料理を用意するような、細々《こまごま》とした(例えば看護の現場の)仕事そのものに、高い専門性を持って誠心誠意向き合う。そうすることによって神へ奉仕するというよりも、もっと積極的に、日常性のなかに「神の国」を実現しようとした、彼女の看護観が、その「書き込み」のなかにも滲み出ていた。

ナイティンゲールの「思想」は、私には広大無辺にさえ感じられますが、ふと、彼女の「〇〇は～すべき」という姿勢の糾弾するような激しさは、やはり一神教のものだなあと思うことがあります。

今回のお手紙の中に、映画「あなたを抱きしめる日まで」についての言及がありましたね。カトリックの戒律を破って出産した少女が、自分の赤ん坊の行方を(唯一知っている)修道女に訊くけれど、彼女は頑として話さない。その理由が、「私は神の教えを守っ(て我慢し)た。けれど彼女は破った」というような不寛容な意地悪めいたものであることに、私たちはがっかりする。けれど今思えば、とカリーマ、あなたは続ける。「修道女なら自我を棄てて万人を赦せ」という自分の要求もまた残酷ではないのかと。

「たとえ修道女であっても、その人の持って生まれた資質や誰も知らない葛藤がある。宗教が矯正できる欠点もあれば、できない欠点もある。―略―その人の信仰故にあるべき姿を基準にその人の行いを裁くのは、必ずしもフェアではないということ」

瞠目しました。フェアでない、という、糾弾に使うような表現を使っているけれど、ここで説かれていることは、この上なく「洗練された寛容」。カリーマはご自分がアジア人だと言われてもピンとこないかもしれないけれど、私はアジア的寛容だと思いました。しかも冷静でロジカルな。思わず富士山が目に浮かんだ。


さて、人が宗教を必要とする理由の一つに、被造物である自分が肉体的に有限の存在であることをどう納得するか、というものがあると思います。そして話は、いつものように唐突に飛ぶのですが(そのうち繋がるので辛抱して読んでください)……。南九州は――東北など、中央から遠い地によくあることですが――話される言葉に古語が多く残っています。この地ではものを整頓することを「なおす」という。ものを本来あった状況に戻す、という意味ですが、『延喜式』の巻第五には、斎宮での、ある忌み言葉の代替として、「なおる」という言葉が出てきます。ある言葉とは、「死」。古代の人々は死という言葉を穢れと捉えた。それで斎宮という清められた場ではそれを禁句とし、「奈保留(なほる、治る)」と称せよ、と記している。本来あった状態に、なおる。それが「死」だと。

この記述を初めて読んだとき――ちょうど、人が人生のある時期にそういうときを持つことがあるように、私も肉体の死ということを考えていたときでしたが――南九州で生まれ育った自分の体の奥に、なおす、という言葉の(なおすイコール整頓するという行為の)ダイナミズムがまだ残っていて、自分という存在がそれに感応していることを体感しました。故郷で過ごした時間よりはるかに長い時間を他の土地で費やしてきたけれど、母語のような言葉には、理屈ではなく腸《はらわた》の奥から、脳の最も原始的な部分から、存在そのものへ働きかけ納得させる力がある。その力を信じ、過ぎゆくときのなかでまた遠ざかれば喚《よ》び起こし、「死」を、自分がもともと在った状態へと「治されていく」ベクトルにあるものとして見つめ続ける。

そういう日々を、生きること。

カリーマ、これが今のところ、私という個が行き着いた、小さな個人の宗教。

――いつもいつも、本来友人間でもタブーの信仰について聞かせてくれと迫っていることを、心苦しく思っていたので――これは私のささやかなフェアネス。

梨木香歩

18　誇りではなく

梨木香歩様

千の想いが詰まった香歩さんの「フェアネス」、厳粛な気持ちで繰り返し読みました。同時に後ろめたさも感じながら。香歩さんは「フェアじゃない」という言葉を私のものとして共感してくださったけれども、実は借り物なのです。「今まで読んだものをすべてふるい落としたら、私には何が残るだろう」という前回も引用した問いに通じますが、これは世界で一番好きな本、ドストエフスキーの『白痴』を初めて読んだ時から、ずっと引きずってきた言葉なのです。

「そうやって人の心の中まで覗いて、決めつけるのはとても酷いことよ。あなたには優しさがない。真実だけ。それって、フェアじゃないわ」

こう叱咤されたのは、著者がイエス・キリストに似せて創造した主人公、理想の人間の姿であるはずのムイシュキン公爵です。彼は自殺しようとした病人に同情し、その心情を代弁していたつもりだったのに、その言葉を聞いた女性から「優しさがない」とたしなめられる。ここまでは納得がいくのだけれども「真実だけじゃ、フェアじゃない」とはどういうことだろう。三種の英訳を読みましたが、訳者の解釈も異なり、「真実」だったり「正義」だったりする。「正義だけではフェアじゃない」？　とうとうロシア語まで勉強し、原語版を拾い読みして、二人のロシア人にこの場面を一緒に読んでもらいました。でも結局、わかった気がしない。だから「フェアか否か」という問いかけは、私自身の心の在り方ではなく、より表層的な、操作可能な「知」の部分にある迷いから来ているのです。私は人情に欠けているという自覚があるので、せめてフェアは心がけようと。香歩さんがおっしゃる「アジア的な洗練された寛容」――理屈ではなく心のゆとりに支えられた寛容――は、まだまだ手が届きません。

アジアと言えば最近、旧ソ連ジョージア（旧グルジア）に行ってきました。古くはシルクロード交易の要衝として栄えたコーカサス地方の国です。以前もお話ししましたが、東地中海のアラブ諸国からトルコやイランを経てコーカサスに至る広い地域が、ある意味でひとつの文化圏を形成しているようなところがあると考えていたので、その端っこ(?)にあるジョージアを見ないわけにはいかないという思いがずっとあったのです。トルコ、ロシア、アゼルバイジャン、アルメニアと国境を接し、ここから西洋が始まるとも、ここで東洋が終わるとも言える微妙な立ち位置で、常に外からの侵略に晒されてきたジョージアは、モスクワに住む親友タソの祖国でもあります。タソのはからいで、現地の人々と触れ合う機会にも恵まれました。

ジョージアは一応ヨーロッパの国なのに、なぜ「アジアと言えば」なのかというと、理由は首都トビリシの書店で偶然出会った小説『アリーとニノ』。前書きによれば、キエフ生まれ、アゼルバイジャン育ちでイスラームに改宗したユダヤ人がドイツ語で書いたという、まるでこの地方の多民族構造を象徴するような作品です(真の著者が何者なのかはいまだに議論の的だと知ったのは読み終えた後でした)。舞台は第一次世界大戦時のバクー。アゼルバイジャンの首都です。シーア派ムスリムのアリーと、ジョージア系キリスト教徒ニノの恋愛を軸に、詩情豊かに紡がれる共生と対立とアイデンティティの葛藤の物語。近代化と西洋化の波が押し寄せる激動の時代にあって、登場人物が多用する言葉、それが「アジア」です。埃を被った神秘のアジア。大砲が支配する世界に付いていけず、中世の詩と伝統にしがみつくアジア。ニノが時に「大嫌い」と吐き捨てるアジア。この「アジア」は、欧州から見たペルシャやトルコなどのイスラーム圏を指します。日本人にとってアジアは一般的に、インドあたりが西端ではないでしょうか。一方、この小説のアジアはペルシャやその周辺であり、インドはその東の端なのです。そのアジアが寛容？　小説を読んでいる最中にお手紙を受け取って、香歩さんと私が同時に別々のアジアを見ていたということに惹かれました。そしてこの小説に出てくる「アジア」の、同じイスラーム圏でも少し離れたアラビア語圏に属するナイルの畔《ほとり》で育った私にとって、なんと解りやすくも異文化なことでしょう！　親近感と嫌悪感の平行線上を、達観の境地を目指して滑りながら夢中で読みました。「広義にはひとつの文化圏」なんて、乱暴なことを言ったものです。でもこれ以上語りますまい。香歩さんにもぜひ読んで頂きたいので。

ジョージアに戻りましょう。愛国心の強いこの国の人々は、口々にこう言います。「アラブ、ペルシャ、モンゴル、ロシアなどの侵略や支配を受けてきたにもかかわらず、私たちはジョージア正教とジョージア語を守り抜いた。それが私たちの誇りだ」。あまりに皆が同じことを言うので、きっと学校でそう習うのだろうと、エジプトで愛国教育を経験した私は考えてしまいます。今回はちょっと贅沢をして運転手とガイドを頼んだのですが、若いガイドがアラブやペルシャに攻められた時の様子を、まるで見てきたように熱く語るのに耳を傾けるのは、とても新鮮な体験でした。アラブ世界は、中世には十字軍とモンゴルの度重なる襲来で一部は壊滅的な損害を被り、近代においては欧州帝国主義の餌食になったという被害者意識が今もあるので、逆に加害者側に立たされると「もう千四百年も前のことだけど、申し訳ないことをしたわねえ」という罪悪感と、「そんな昔に、アラブもよくこんな山奥まで攻めてきたもんだねえ」と他人事のような感心とが入り混じって、なんだか不思議な感覚なのです。いや、待てよ。七世紀と言えば、ちょうどエジプトがアラブに征服されたころじゃないか。なんだ、同じ立場で結果が違うだけか。謝って損した。中世にはこの地方から多くのマムルーク(奴隷)がエジプトに来ていて、その血は私のDNAにも組み込まれているのだから親戚だし、なんて勝手かしら。アラブに攻められ、トルコとペルシャに挟まれていてもキリスト信仰を守り抜き、ロシア帝国とソ連に約二百年支配されてもジョージア語が廃れなかったというのは確かにすごいことです。あっさりアラブ化したエジプトとは大違い。誇るのも無理はない、そう思っていました。

ところが次にモスクワに降り立つと、タソがこう言うのです。「あなたはきっと、ジョージアの小国根性に気付いたでしょうね」。お国自慢を期待していた私には、少し意外でした。

「言語と宗教を守ったと一同に自慢していたでしょう？　あれはよくないわね。ジョージアは独自の文化を守ったけど、例えば日本やエジプトと違い、他国の文化には貢献していないのだから。ロシア批判に終始するのもおかしいわ。ジョージアにインフラや教育制度を確立したのはロシアよ。そのおかげで今がある。言語と宗教を維持したのは素晴らしいことだけど、それは誇るのではなく、感謝すべきことなのよ」

カッコいい。自分自身の功績ではないのだから誇るのではなく、先人に、そしてそれを許した敵にさえも、感謝する。故郷を愛しつつ、その感情に流されないタソの理性的なフェアネスに頭が下がりました。「誇り」でなく、「感謝」。今回のキーワードです。もちろん、これが「国家」に対する感謝にすり替えられることには用心しなければなりませんが。

誇り高きキリスト教徒の国ジョージアから山脈を越えると、そこはロシアの北コーカサス地方。こちらも誇り高き、しかしイスラーム教徒の土地です。面白いのは、宗教の違いを強調するわりに、両者の民族衣装は見分けがつかないほど似ていること。ジョージアで見た珍しい伝統菓子が、実はシリアやイラクなどアラブの国にもあって、アルメニア移民が持ち込んだらしいと後で「発見」したこと。世界でもっとも民族的に多様と言われるこの土地で、人々はアリーとニノのように愛ゆえに譲り難きを譲り合い、誇りや意地ゆえにたくさんの無駄な血を流しながら、なんだかんだ言って同じようなものを育んできた。その延長線上に私たちも存在するということに、感謝。

師岡カリーマ・エルサムニー

19　感謝を！
――ここはアジアかヨーロッパか――

師岡カリーマ・エルサムニーさま

早いもので、この往復書簡を始めてから一年半が過ぎ、とうとう（私からとしては）最後のお手紙になってしまいました。

ここ数日、最高と最低の気温差が十三度もあるような日々が続き、なかでも今日は格別、寒気を伴った気圧の谷が通り過ぎるというので、朝から用心していました。午前中の穏やかな春の日差しに輝く緑のみずみずしさ、その「祝祭」感はそれが永遠に続くかのような錯覚さえ覚えるほどなのに、正午を過ぎると予想通り「一天にわかにかき曇り」、雷鳴轟き突風は吹き、あまつさえ雹《ひょう》まで降った地域もあったとか。

正直に言うと私には、そういうドラスティックな気象の変化をわくわくと待ち望む気分があります。それで今日も朝から外の様子が気になっていたのでした。けれど自分がそういう気分を持つことに対して、昔から若干後ろめたい思いを持っていました。どう言い繕っても結局その気分の本質は、自分が密かに「不穏さ」を――つまり非常時を――好んでいるということに行き着くのだと、薄々気づいていたからでしょう。これは公衆の面前で正々堂々と口にできないような類いのものだと。

けれどこれを、不穏さや非常時を好む、ではなく、現状への慣れや停滞を嫌う、という風に言い換えたなら、そのこと自体は後ろめたく思うほどのものではなく、日進月歩の新しい局面を追求した結果の、科学技術の進歩をも生み出してきた「進取の気性」とも取れる……。その視点で見ると、何かに「慣れている」状態は、「停滞している」「遅れている」ように見えるのかもしれません。

戦争終結直後、混乱と無力感のなかから恒久的な平和への渇望と情熱を持って、どれほど真剣に平和憲法が討議されたか、知ったときこそ感動しても、時が経つと次第にそれに慣れ、「新鮮さ」を感じなくなり、新しい局面にこそ活路があるような気がしてくる、人びともいる、のでしょうか。充分に準備して立っているであろう国会の場でさえ、共謀罪の何たるかも説明できずにいる法務大臣を見ていると、立法に携わることとの真剣さは、変化なんかして欲しくない、としみじみ思うのですが。

もっと便利なものを、もっと「よく効く」ものを、と変化を追求する在り方が進歩的な西洋のものとされ、現状に甘んじがちなアジアとは対極にあるものとされてきたことも「ここはアジアかヨーロッパか」問題の焦点の一つになっていました。

『アリーとニノ』、お送りいただいてありがとうございます。ページを開いたら、夢中で読んでしまいました。ストーリーは典型的な恋愛小説でも、このディテールの描写のみごとさは、ステレオタイプじゃ決してないぞ、と心底驚きつつ。

冒頭、「ここはアジアかヨーロッパか」問題が出てきますね。南コーカサス、アゼルバイジャンのバクーの男子高で、教授が、「南コーカサスはアジアに属するという学者もいるが、文化的発展具合からヨーロッパであるとする学者もいる、だからそれゆえ、この（バクーの）町が進歩的なヨーロッパに属するのか、反動的なアジアに属するのかは、君たち自身に負うものが大きい」と、冷めた檄（?）を飛ばすのだけれど、自分たちの生活様式に誇りを持っているムスリムの多いこの教室では、「いや、どちらかというとアジアに属していたいです」と確信犯的にゆるく応える生徒（主人公のアリーもその一人）が出てくる始末。

私個人は、トルコに行ったときの印象から、ボスフォラス海峡からアジアが始まるように思っていたので、ヨーロッパの東限(?)が「南コーカサス?」という説は実に新鮮に響き、自分の脳内地図ではほとんど空白に近かったこの部分、アゼルバイジャン、ジョージア、アルメニア、ペルシャ、トルコ等々の位置関係が、カリーマの旅の話やいただいたこの小説を読んでいるうちに劇的に細密になっていったのでした。言語と宗教を維持できたのは感謝すべきこと、というジョージア人のタソさんは誇り高い方なのでしょう。自分の背骨に「プライド」が入っているひとは、容易に感謝できる。そうでないひとは、自分の「感謝」が「卑屈」に結びつくのを怖れるあまり、それができない。「感謝」は自分自身にプライドがなければ、何食わぬ顔をして卑屈の側に行きがちな質《たち》なので。背骨にないプライドという成分は、鎧のように外骨格(!)に形成され、外から見えやすく——それは外気に触れて自慢や驕慢、傲慢に変化しやすい——ようやく体をなし「立って」いる状況……。それは国そのものにも言えますね。背骨にプライドが入っていたら、いちいち誇示してみせなくても立派に「立って」行けるはず。

地勢的な位置とは別の地図が、私たちの内界にもあって、きっとそこにも、「ここはアジアかヨーロッパか」と判断に迷うような場所があるのでしょう。

前々回のお手紙で、意地悪な修道女の振る舞いに対して疑問を持たれ、そこをさらにさらに分析していって、こういう疑問の持ち方は、「必ずしもフェアではない」、という結論に至られた。すごく興味深かったのは、その「道程」自体は論理的でまったく「いい加減」ではないのに、たどり着いた場所は、アジア的な「黒白はっきりとさせず追い詰めない」場所と同じのようで、しかも(私のなかのアジアのように)混沌としていなくて、それどころかすっきりと清澄に見えることでした。論理の来し方がすっきりと見渡せる。一見アジア的、けれどそれが論理的に洗練されていると言いたかったのですが、アジア的な洗練と端折って言うと、?となってしまいますね。

今から十七、八年前のことです。日本からロンドンに着いて数日後、車を運転していたとき、市内の交差点を右折しました(英国は日本と同じ右ハンドル左通行なので、別に慌てふためくこともなく)。そのとき、右手の横断歩道で同じように青信号を渡ろうとしていた歩行者がいました。インドネシア人のようで、ムスリムの帽子を被り、きちんとした背広にステッキも持っていました。年の頃三十代後半か四十代、その姿勢の良さが目を引きました。長い横断歩道だったので、私は歩き始めた彼の遥か前方を通過できると無意識に確信し、そうしました。さあ、それからです。彼は突然猛然とダッシュしました。バックミラーでそれに気づき、え？　さっきの人？　と思いましたが、まさかこんなことで走る車に追いつこうとする人がいるとは思えませんでした。しかし車道は混雑しており、それから二ブロックほど先の信号が赤で、なんと、全力疾走した彼は停止した私の車に追いついたのです。怖れ半分好奇心半分で窓を開けると、とても理性的な英語で、「いいですか、走る車は、歩行者が、一歩でも、一歩でも、です、横断歩道に踏み出したら、待たなくてはならないのです。それがルールなのです」大きく肩を上下させ激しい息のため切れ切れに諭してくれました。私は非常に恐縮し、我ながら言い訳めいたことだと思いつつ、「あ、すみません。日本から着いたばかりで、日本では許されていたことだったので……」そうだと思った、と言わんばかりに彼は大きくうなずき、「お郷里《くに》とは違うんですよ。これからあなたはこちらのやり方を学ばねばなりません。郷に入ったら郷に従えです」「ありがとうございます。……で、それを教えてくださろうとここまで？」「そうです」。この、英国紳士の風情でいて、決して英国人がしないような「親切」！　私は、何というか、深く感じ入りました。「ああ、ありがとうございます」「よろしい。学んでくだされば、それで」満足そうにうなずきつつ、一歩下がる彼。

どこかユーモラスな味わいのある生真面目さ。これはヨーロッパの、アジア的な洗練？ムスリム的？　いえいえ、様々なバックグラウンドから出来上がった、彼個人の振る舞いだったのです……あららカリーマ、まさかこんな風にカジュアルに終わるつもりはなかった、なのに現実の厳しさよ、終わらねばならないのです！　心からの、感謝を！

梨木香歩

20 ジグザグでもいい、心の警告に耳を傾けていれば

梨木香歩 様

窓から吹き込む風と木々のざわめきが、心地よい季節になりました。この青い空のどこかに「不穏な天気」の種が隠れているとは思えないほど爽やかで、平和な日曜日。ここに突然暗雲が立ち込めて、滝のような雨が降ったら……私もワクワクするでしょう。だから香歩さんのお気持ちはよくわかります。そして、そんなワクワク感に伴う後ろめたさも。頭上に屋根があるから安心して楽しめる自然のスペクタクルも、屋根がない人には災難なのだということを、「忘れるなよ！」と私たちの心は警告しているのでしょう。この屋根が、いつかなくならないという保証はないのですから。

私がエジプトで中学三年生だった時、中央治安部隊という準軍事組織が反乱を起こしました。名前は立派ですが、すこぶる薄給、粗末な給食でもっともキツい任務をやらされる気の毒な部隊です。三年間の兵役が延長されるという噂に反撥して暴動を起こし、国防軍が掃討に乗り出したため、カイロに外出禁止令が出されました。学校の授業は中断、校長先生自ら教室を周り、即刻帰宅するよう命じます。まだ携帯電話がない時代。私は同じ学園の小学部にいる妹を必死に探しました。教室、校庭、今日は動くのか動かないのかわからないスクールバス……大きな不安を胸に探し回ったのを覚えています。学校が三軒並んでいるため、門の外は大勢の児童とその親で大混乱だったことも。車道に出ると、見慣れない戦車が走っていたことも。

そしてもうひとつ鮮明に覚えているのは、この非常事態において、スクールバスは動かなかったけれども、ちゃんと妹を探し出し、その手を握ってしっかりとした足取りで家路を急ぎ、自分もそれなりに立ち向かっていることから来る充実感のような、下手をすれば不安な中にもその瞬間を楽しんでいるような、不思議な感覚が湧いてきたこと。今思い出してもぞっとします。過ぎてしまえば、私個人にとっては大した非常事態ではなかった。だからこそ、我が身はおおよそ安全だったからこそ、感じていられる余裕があった贅沢な興奮。ぞっとするでしょう？　これは、政治家や軍人が絶対に自らに許してはならない、何より警戒すべき感情だと思うのです。

冷戦さなかのキューバ危機の際、米軍司令官は核兵器で対抗すべし、と色めき立ち、一方のケネディ大統領はその強硬路線に抵抗し、ぎりぎりの外交によって核戦争を回避したと言われます。一旦核兵器を解き放ってしまえばおそらく避けられない大惨事を、いやそれこそ人類の破滅を、想像できないはずがないのに、核を使いたがる軍人がいる。理解に苦しみますが、もしかするとそれは、私も自分の中にその片鱗をうっすらと垣間見たことがある、非常時がもたらす危険な充実感こそが犯人なのかもしれません。人を闘争へと焚きつける、「アドレナリン・ラッシュ」などという軽々しい言葉では表しきれない危険な人の性《さが》が、映画で偽物の血を見ることもできない私の中にもあると思うとがっかりします。そんな感覚に流されることなく、流された軍人の圧力に負けることもなく、人類の命運が自らの決断にかかっているというとてつもない重責を果たし切ることができる人物がその時の大統領だったことは、人類にとって幸運だった。次もそうとは、かぎりませんね。

きな臭い地域情勢に過剰反応してさらに相手を刺激するような言動も、平和を前提に作られた法制度をもっと勇ましいものに変えたいという思考も、自分の上には屋根がある、自分の上に火の粉は降って来ないという安心感があるからではないでしょうか。でもそんな安心感は幻想でしかないと心が知っているのは、政治的に不安定で、いつ足元が崩れるかわからない中東で育った私だけではないはずです。政治家の方々にはもっと想像力を鍛えて、例えば「共謀罪」の趣旨を含む法律の理不尽な矛先が、自分に向けられる日がいつか来るかもしれないということを、忘れないでほしいと思うのです。

「共謀罪」と言えば、これをめぐる国会審議に香歩さんはお手紙でも触れていますが、先日お会いした時も、審議で飛び出した「双眼鏡と地図とメモ帳を持っていれば犯罪準備が疑われる」という法相の発言に大変憤慨されていましたね。「地図は旅先には欠かせないものだし、双眼鏡はバードウォッチャーの命のようなもの。メモ帳は文章を書く人間ならもちろん、短歌や俳句を常時創作している人だって手放さないのに」とおっしゃった。森を愛し、植物や野鳥に大変お詳しい香歩さんが、双眼鏡とメモ帳を手に、ご愛用の長靴を履いて森を歩く姿を想像しながら後で思いついたのですが、こんなのどうでしょう。仲間同士でグループを組み、双眼鏡と地図とメモ(とカメラ)を持って、日本各地を観光するのです。国会議事堂はもちろん、国立博物館や神社仏閣や、紅葉狩りや花見の名所を、あちこち指差したり、あれこれ薀蓄を垂れたりしながら、散策する。デモ行進ではなく、本当にレジャーとして。この法律がいかに日本の風土や、好奇心旺盛で活動的な日本人の国民性と相容れないものか、愛国心溢れる政府の方々ならわかってくれるはずです。(いやもしかして、こんな風にお上に盾突く不遜な私の提案そのものが、治安を乱す共謀として罪に問われる日が来るのかしら、ここ数年のエジプトみたいに……。)

「共謀罪」以外にも、改憲に向けた動きや安全保障法制など、戦前回帰を懸念する声が日に日に高まっています。個人の自由と尊厳を守る民主社会を目指して戦後勝ち取ってきた進歩を、日本人がみずから返上するようなことが本当にあり得るのでしょうか? 欧米諸国と「自由・人権・民主主義の価値観を共有している」ことを頻繁に強調し、先進国であることにこれほど誇りを持っている日本の政治家が、みずからの手で人権先進国から後進国へとこの国を格下げしてしまうことが、あり得るのでしょうか。

不穏な空気や反動的な傾向は、世界各地で広がりつつあります。「アラブの春」以降のエジプトも然り。しかし、悲観しても仕方がない。人類の歩みは直線状ではない、というのはヘーゲルの弁証法でしたか。私は高校三年生の時、哲学や心理学の授業を担当していたサラーハ先生が大好きだったのです。窓の外を指差して「アリストテレスはね、君たち」とまるで昔の恋人を思い出すように目を輝かせながら話してくれたサラーハ先生。もうアリストテレスもヘーゲルもかすかにしか覚えていないのが先生には申し訳ないのですが、ヘーゲルの弁証法はたしか、こんな話だったと記憶しています。「正」は己の中に、それを否定する「反」を含んでいて、「正」と「反」の対立から「合」が生まれる……。二十世紀の歴史や、ここ数年の世界情勢と照らし合わせ、今になって「ああ、そういうことか」と解った気になると、サラーハ先生に会いたいなあ、なんて無性に懐かしさが込み上げてくるのですが、人類の歩みが二進一退のジグザグなら、ちょうど今は反動の曲がり角なのかもしれません。

こんなことには全くうんざりしたから、安らかな死がほしい。
たとえば、真の価値が生まれながらの乞食であり、
取りえのない無がきれいに着飾り、
清廉潔白な忠実がみじめにも見捨てられ、
金ぴかの栄誉があさましくも場ちがいな奴に授けられ、
純心可憐な美徳がむごくも淫売よばわりされ、
正真の完璧が理不尽にもおとしめられ、

力が足なえの権勢に動きをはばまれ、
学芸が時の権力に口をふさがれ、
愚昧が学者づらして才能に指図をあたえ、
素朴な誠実がばかという汚名をきせられ、
囚われの善が横柄な邪悪につかえるのを見るなんて。

シェイクスピアのソネット六十六番(高松雄一訳)を読むと、今の社会に当てはまることも多いけれども、少なくとも日本はもうそこまではひどくないと安心できる部分も、確かにあるではありませんか。あら不思議。悲観主義者の私でも、不正には厳しくとも自然と人には温かいまなざしを注ぐ香歩さんに語りかけていると、いつのまにか楽観的になってきます。そんな香歩さんのように、私もありたい。だから往復書簡を通じて生まれたこの友情が、末永く続きますように。

師岡カリーマ・エルサムニー

あとがき

——往復書簡という生きもの——

梨木香歩

師岡カリーマ・エルサムニーさんの最後のお手紙を読み終えると、いつものようにすぐにも返事を書きたい気持ちが湧き起こり、ああ、もうそれはいいんだ、と思い至った。なんとも言えない感慨と、心に吹き抜けていく風のようなものを感じて、しばらくぼうっとした。最初の手紙を書いていたときと同じように、(出来すぎのようだけれど)そのときも夜の庭に雨が降っていた。

この連載を開始する前後は、今よりも遥かにＩＳが猛威を振るっていた頃で、日本人ジャーナリストの後藤健二さんを含む民間人への残虐な処刑や殺戮が連日のようにメディアの話題となり、それは大多数のムスリムとはほとんど無関係であるにもかかわらず、世界中で明らかに理不尽なムスリム・バッシングが続発していた時期だった。異様だった(今もそれは続いているが、この時期は特に)。事態を憂えていた人びとは多く、ほとんど無力に等しい私ですら何かできることはないかと探していたのだった。わずかな体験からではあったが私の知るムスリムの人びとの温かさと、一部のマスコミが煽りつつあったムスリムのイメージはまるでかけ離れたもので、私は、私たちはもっとイスラームのことを知るべきだと、差し迫った必要を感じた。そのためにはまず自分自身が、もっとよくこの宗教について知らねばならない、と思った。

『図書』連載のお話をいただいたとき、イスラームのことを学びたい、どうせならムスリムの方と往復書簡の形で学ばせていただきたい、それが私自身にも読者にもイスラームと親しくなる方法の一つではないか、と編集者の藤田紀子さんに相談したところ、師岡カリーマ・エルサムニーさんの『イスラームから考える』を紹介してくださった(このことを、後にどれほど有難く思い返しただろう)。手に取るなり夢中で読み始めた。視点の高さと立ち位置のユニークさが、鋭い舌鋒を杼《ひ》にして、アラブの怒りと悲しみに、文化と芸術とユーモアを織り込んだような一作だった。何と知情意のバランスの取れた見事なタピスリーよ、と感嘆した。

桜の咲く頃、藤田さんとともにお会いすることになった。カリーマさんは当初、まるでムスリムの代弁者のような接近のされ方をして戸惑ったに違いない。けれどありがたいことに書簡のやり取りを了承していただき、連載がスタートする翌年一月まで、何度かお会いしたりメールのやり取りをするようになった。

とはいえ、まだまだ、カリーマ、と親しげに呼びかけるのにはいささか無理があったのだ。けれど、決して「馴れ合い」に陥らない、それでいて何を話しても真摯に受け止め、また真摯に異を唱えられるという「場」を醸成するために、まるで自分の内奥に、昔からいる存在に呼びかけるような呼称が必要だった。それで私は、お会いして間もないうちに、「カリーマ、ってお呼びしていいですか」と了承をとった。

カリーマさんはこの「無理」に柔軟に対応してくださった。以来、手紙で「カリーマ」と呼びかけるたび、私は現実のカリーマさんと、その向こうにいる普遍的な存在に結ばれているカリーマに呼びかけているような心持ちでいられた。

イスラームのことを学びたい、という私の最初の目論見は、すでに彼女の著作を拝読したときから、そんな単純なことでは終わらないだろうな、と外れることが予感されていた(もちろん彼女がこの話を受けてくださったらの話だったが)。『イスラームから考える』は、彼女のイスラーム擁護(それはそう呼ぶよりもっと、客観的、中立の立場の本だったのだが、ムスリム・バッシングの世界のなかでは、擁護の立ち位置になってしまう)関係の発信としては、これで最後のつもりで書かれたものだった、と後で知ったが、あの本を読んでいればそれは自然に受け止められた。カリーマさんと全人的に付き合うことは、彼女のイスラームに対する複雑な思いも、（私の経験、知識が追いつかないにしても）そのまま受けとめることを意味していた（なぜならそれが友人というものであるから。そして書簡を交わしながら友人にならずにいられる、という稀有の能力は私にはない）。ムスリムであることは、彼女の存在から切り離せないことだったが、あらゆる方面にあふれんばかりの才能を持つ一個人にとって、それは属性の一つであるに過ぎなかった。世界の空を駆け巡る美しい鳥の言葉は、高低あらゆる音色とメロディを持っていたのだった。

奇数回を私が、偶数回をカリーマが担当することになって、連載は始まった。第二回「行き場をなくした祈り」では、エジプトの状況の厳しさを改めて知った思いだった。「ネドイルコ」という感謝の言葉があることも教えられた。言葉では表現しきれないほどの深い感謝を意味する言葉——けれどその祈りのような言葉も、今のエジプトでは混乱の渦の中でかき消されてしまいそうな……。「劣等感の裏返しでしかない愛国心」。日本でもエジプトでも、どこでも、愛国心のすべてがそうであるわけではない。家族を思うように国を思う気持ちは自然なものだ。けれど、大きな声で喚くように訴えられるのは、たいていがこの類い——劣等感の裏返しでしかない愛国心——なので、私たちは「愛国心」という言葉にはすっかり用心するようになってしまった。エジプトでも、日本でも、そしてヨーロッパの多くの国々やアメリカでも、どうやらそうらしい。(カリーマさんの「微妙な立ち位置」には確かにじんとした。)

連載の一年半の間にもいろいろなことがあったが、その前後、連載を開始した年の二年前(二〇一三年)には特定秘密保護法が国会を通り、二年後の今年(二〇一七年)には共謀罪の趣旨を盛り込んだ法律が成立した。第三回「変わる日本人、変わらない日本人」で述べた、「頼もしい若者たち」も、彼らの根本は変わらないとしても、グループとしては解散した。時の流れ、ということなのだろうけれど、「国民の本質のようなものが、少しずつ変わりつつあるような気がする……」と書いた、あのときの私の直感は誤っていたのだろうか。時間が経つにつれ、世の中は多数と少数、ますますいびつに二極化されていくように思えた。だがそれぞれの極で、確かに、良くも悪くも何かが「変わりつつあるような気が」、まだしている。数は少なくとも、群れとして流されず、個人として考える人びとが、確かに存在している、そういう気もする。ごく最近も、組織のなかから、個人が立ち現れるように、ときの政権に異を唱える人びとも出てきた。

今から二十三年前に起きた松本サリン事件で、当初マスコミから犯人扱いされた河野義行さんは、過酷な取り調べとともに、家族もろとも連日手酷いバッシングを受け続けた。一年後の地下鉄サリン事件で犯人が明確になり、冤罪がはっきりしたものの、その後事件の後遺症で寝たきりになっていた妻をも失う。人間性の最も凶暴な、暗い闇の部分を見たに違いない彼が、そのことを恨むでもなく、「人間というものは間違いを犯すもの（冤罪の可能性について）、それに命は何よりも尊い」として、たとえ麻原彰晃でも死刑は反対、と決して声高でなく、非常に静かに、穏やかに意見表明された。当時まだ存命であられた鶴見俊輔氏が、河野さんについて、ついに日本に個人が現れた、というような意味の、最上級の賛辞で評されていたのを、とても印象深く覚えている。個人と群れの問題は、私には常に付きまとうことだった。（ちなみにこの第三回のタイトルは、カリーマさんの著作、『変わるエジプト、変わらないエジプト』のもじりである。別に挑発するつもりはなかったのだが、どうせならと無断で使わせてもらった。当座彼女はそのことについては何も言及しなかったが、一月後、届いた第四回のタイトルが「渡り鳥の葛藤」（渡り鳥がメインテーマの拙著のもじりと思われる）となっているのを見て、彼女のウィンクが目に浮かび、おもわず吹き出して、それから「さすが、というか、あっぱれ、というか……」と独りごちた。やられたままではおかない、気概のある方なのである。）

第五回、「個人としての佇まい」には、原稿を書いていた当初、どうしても入りきれなくて削った部分を——その前の回で、ご自分にはアイデンティティがない、というようなことを書いておられ、私にはどうしてもそうは思えなかったので、反論したのだった——今回再掲した。

さらにこのときはカリーマの訳したユスリー・フーダ著『危険な道』を拝読した直後だった。これが実に示唆に富んだ本で、頭のなかはこの本でいっぱいだったので、手紙で触れないわけにはいかなかった。第六回、「人類みな、マルチカルチャー」では、宗教と「個」の問題を、さりげなく提出してくださった。前述した元アルジャジーラ記者のユスリー・フーダがインタビュアーとしてアルカイダの幹部に「選ばれ」、監禁(?)されていたとき、幹部らともに礼拝をするシーンについて、左記のように言及された。

同じ宗教に属しながら価値観は異なる人々とのユスリーの距離のとり方は絶妙です。心情的には、彼らを否定したくもなるでしょう。でも彼はそれをしない。だからといって心を開くのではなく、たとえばともに礼拝する際、しばしもたらされる一体感に浸ることをせず、祈る彼らを冷静に観察している。この場面では非ムスリムにしかできないのではないかと思えるほどの冷徹さで、本音を隠し通しているのです。それは彼の中で「個」が完全に確立されていて、そこには共同体の一員としてではなく個人としての信仰が根を下ろしているからかもしれません。究極的に、信仰とは神のためではなく人を支え律するためにあるのですから、個の信仰としてのイスラームをあえて弁明したり純正化したりする必要性をユスリーは感じていないのではないでしょうか。

礼拝の際、祈る彼らを冷静に観察している、この場面に「非ムスリムにしかできないのではないかと思うほどの冷徹さ」が見える、とコメントできるところに、改めてカリーマはムスリムであり、そこの場面に何の違和感もなかった私は非ムスリムなのだと思い知った。

「共同体の一員」であることには一体感があり、一方、「個の信仰」、個を支える根っことして信仰がある、と、ユスリーを語りながらの言葉には、ご自身の「確固たる個」が滲み出てくるようだと思った。最初の回の手紙で述べておられたように、カリーマがひとから「日本人と見なされない」部分があるのだとしたら、それは他でもない、彼女の「確固たる個」の部分であり、むしろそここそが、何らかの形で、日本人が、それぞれの心中深く課題として抱えていかなければならないものなのではないだろうか。信仰と個の問題を、カリーマとの間でもっと深めたかった。普通の人間関係なら、まず話題にすることはタブーであるところの彼女自身の「信仰について」、私はここでお聞きしなければならないと思った。この往復書簡が、その深みに達することの可能なレベルのものでなければ、これを始めた意味はないようにも思えた。けれどそれは、聖域に手を触れるようなことに思え、また、彼女の立場からすれば、返答次第によっては、ISまがいのファナテックな人びとの標的になりかねない、危険な質問だった。私はそれを書き出すまでに、何度ため息をつき、頭を抱えたことだろう。無理だったら、無視してくださったらいい。無理をしないで。そういう思いで書いた一行が、「……(この本の)翻訳者として、一ムスリマとしてのカリーマの思いが聞きたいです。」であった。カリーマの次の手紙が来るまで、粛々として日々を暮らした。

その無神経な問いを、カリーマは無視しなかった。そして、自身の宗教的な原風景として、アブケイのいるムスリムホームの思い出を書いてくださった。これ以上に誠実な(そして同時に安全な)、また信仰の原点を思わせる「答え」があっただろうか。見事に受けて立ってくださったのだ。

そのアブケイの家での団欒の写真を拝見したことがある。意志的で、包容力のあるアブケイの佇まい、聡明さが滲み出ている眼差しを持つ、若い母親の師岡さん、人格者であることが一目でわかるエルサムニー博士、そして愛くるしい幼いカリーマ、屈託のない子どもたち……。このムスリムホームのなんとも平和な温かさこそ、彼女の原点なのだ、としみじみと思った。

学生時代、クリスチャンの教授が、「私たち(クリスチャン)はすでに個として神と契約をしているから、簡単に群れることがないんだ」、というようなことを講義の合間の雑談中、ふと漏らされたことがあった。今ここで前後の脈絡なしにその箇所だけ引っ張り出されることは、宗教哲学を教えていたその教授にとってはなんとも無防備なことになり、不本意なことであろうと、申し訳ないのだが、何気ない日常の一コマに関しての、全く構えのない本音、という一言だっただけに、それは私の生来の問題意識と深く響き合い、折に触れて思い出す一言となった。これはきっと、同じ神を奉ずるユダヤ教やイスラーム教にも通じる感覚なのだろう。必ずしも群れる必要がないとしても、宗教を核とする「群れ」の居心地の良さについて、もっと考えなければならないと、ずっと思っていた。

アブケイのいる風景の、温かさと安心感には、調和と秩序のようなものが滲んでいるようだった。

第十回「境界線上のブルース」で紹介いただいたゲイの美容師、Jの存在もまた、とても印象的だった。

宗教の介在なく、人が個を確立する道筋には、深い宗教性に似た何か、祈りに似た何かが必要なのかもしれない。それは思索からよりも、もっと、コミュニケーションの「現場」から紡がれていく言葉で、構成されているものなのかもしれなかった。Jの存在には、何か不思議な可能性が感じられるのだった。力強い寛容、という概念に惹かれた。

第十二回「ジャングルに聞いてみた」、カンボジアのタ・プロムの植物の描写のすさまじいことは、何度読んでも圧倒される。私もこの植物のことは、このとき初めて知ったのだった。植物が遺跡の「面倒を見ている」という言葉に、敬愛する平木典子さんがいつかふと漏らされていた、「人間はケアし合う生き物だという気がする」という言葉が重なった。それは例えば、個人と群れの関係でも、可能だろうか。世界が少し、明るくなったように思った。

この回を受けた第十三回で、私は拷問に耐えた隠れキリシタンのことに言及し、紙数も足りなくなってきたこともあり、果たしてこれ(例えば拷問に耐えること)を強固な信仰心、と呼んでいいのか、と疑問を付したままで終えた。次の十四回が送られてきたとき、「信仰、イデオロギー、アイデンティティ、プライド……意地」というタイトルを見て吹き出した。タイトルがそのまま、私の無責任に投げかけた疑問への返事のようで、「腐っても乾かない」ラン、という連想とともに、信仰に対する彼女の、縛られない、伸びやかな思索に改めてこちらも刺激を受け、また感慨にふけった。

第十七回で、私が新約聖書のマリアとマルタの話に言及したとき、一読したカリーマが、手紙より先に、メールで、(マルタが妹のマリアが料理を手伝わないことをイエスに愚痴ったとき)「私はパンと水でよいから、あなたもここにいらっしゃい」と(イエスに)言ってほしかった、と感想を述べてくれた。各々の、今目の前にある仕事に向かいあう大切さも測り知れないが、そのこととは別に、女性なら皆、実はそう言ってもらいたいのに、私も含め、そのことに気づかない女性の、なんと多いことだろう、と、目から鱗が落ちる思いになった。男性の名だたる神学者たちの、誰がこのような発想を持ってこの箇所を論じたことがあっただろう。

すべての創作がそうであるように、人間関係も、それが反映されていく往復書簡もまた、時々刻々変化していく生きもののようだ。どこまでも一対一、個人対個人として自分を開いていきながら、その向こうの、不特定多数の読者に向けて、さらに普遍的な「他者」に向けても書くことになる緊張感が、この往復書簡の通奏低音として、いつもあった。

六月十四日、ラマダーンの最中に起こったロンドンの高層ビル大火災は、多くの犠牲者を出したが、ちょうどスフール(断食が始まる夜明け前に食べる食事)を待っていたムスリムたちが、火災に気づいて隣人たちのドアを叩いて回り、大勢の命を救った。このニュースについて、まだカリーマの意見を聞いていない。あのひとがなんというか聞きたい、と思える大切な友人が増えることは、なんとひとを豊かな思いにすることだろう。

イスラームのことを学びたい、と、教えを請うはずだった。この連載を終えて、私が得たのはイスラームの知識ではなく、一人の魅力溢れる友人だった。

なんだか、会ったこともないはずのアブケイが、セピア色の写真のなかの、温かな料理の並んだテーブルの向こうで、ウィンクしているような気がする。招かれたら、私はいそいそと二つ返事で駆けてゆくだろう。

ムスリムにはなれないにしても、アブケイに招かれたら嬉しい――今これをお読みになっているあなたも、そう思ってくださったら、これ以上の幸せはない。

うそがつれてきたまこと

——あとがきにかえて——

師岡カリーマ・エルサムニー

人生最大とも言えるビッグニュースは、じらすかのように「うそ」というタイトルを掲げて舞い込んできた。正確に言うと『海うそ』だ。著者の梨木香歩さんが、私との往復書簡という形で連載をご希望だという。題の通り、ウソみたいだった。

「ご参考に」と岩波書店から送られてきた緑色のカバーのまるでそれ自体がアートのような本を開くと、いきなり最初のページから圧倒された。日本のどこかにあるという架空の島の、月に照らされたしっとりとした木々の匂いが、言葉と言葉の隙間から漂ってくる。ゴイサギという、見たことも聞いたこともない鳥の「気味の悪い」鳴き声も頭上に聞こえる。なんというか、「本」というミディアムを超えている。

私が機会あるごとに日本の読者に紹介させて頂いているアラブの詩は、読み上げた時の音の響きと、言葉そのものの喚起する感情とが、奇跡的に一致する瞬間の連なりがその醍醐味だが、香歩さんの文は、——耳で味わうことを大前提とするアラビア語の韻文と、視覚にうったえる漢字文化に根差した日本語の散文との違いも作用し——、文字の連なりがすでに物語の背景を彩っているように感じられる。「いったい、どうすればこうなるのだろう」と、時空ワープしたかのごとく夢中になって読んだ。ちんぷんかんぷんの植物の名前が次から次へと出てきても、少しもモチベーションを失うことなく。子どものころから今に至るまで、読んでも書いても「情景描写は苦手だわ」で通してきた私にとって、それは新鮮な感覚だった。

さらにもうひとつ、私をしゅんとさせたこと。それは、私の文章においては多すぎて目に余る紋切型の表現が、香歩さんの本にはないことだった。

影は風。
爆発的な雨の襲来。
蟬の音が私をとりまく世界を塗り替えるように鳴っていた。

小説より詩と呼ぶに相応しい自然描写が全編を彩り、ページをめくるたびに、格の違いを思い知る。こんなすごい人と、往復書簡なんか成り立つのかとしばし怖気づいた。

「つまり梨木さんは、イスラームに関心があるの？　だって、そうとしか考えられないでしょう、でなければ、あなたと共著なんて」

ニュースを聞いた友人の言葉は、身も蓋もないが真実である。仮にカリーマという名をどこかで聞いて覚えている人が稀にいたとしても、それは「テレビのアラビア語の先生」か、「イスラーム世界に関わる大事件があるとたまに解説に出てくる人」としてだ。インターネットで調べてみると、梨木香歩さんは「時に宗教への思いが強く表れるが、特定の宗教には帰依していない」という。この記述が正しいなら、私との間に見出された接点もまた宗教なのだろうと思われた。『海うそ』も、廃仏毀釈がひとつの重要なモチーフになっている。そして、岩波書店の担当者の方から頂いたメールにも、香歩さんが拙著『イスラームから考える』を読んでくださったことがきっかけだとある。私はますます途方にくれた。

ドストエフスキーの名作『カラマーゾフの兄弟』は、宗教をめぐる考察がひとつの重要なテーマになっている。私はこの作品とその登場人物が好きで好きで、寝ても覚めても彼らのことばかり考えていた時期もあったほどだが、それぞれ性格が大きく異なる兄弟は、信仰心や神に対する態度もまた対照的だ。修道士を目指すほど信仰心の篤い純粋な末っ子のアレクセイ。神はいないとしばしば断言しながらも、無神論者になり切れず苦しむ頭脳明晰な次男のイワン。

自他とも認めるならず者だが、心の闇を照らすくらいの信仰はある長男のドミトリー。そして、少年時代から心に悪魔が巣くう庶子スメルジャコフ。物語の中ではまったく性格の異なる四人の登場人物だが、人は誰もが、ひとつの心の中にこの四人を抱えているのではないだろうか。いや劇中でも、信仰に生きるアレクセイの心中にさえ小さなイワンがいる一方、弱者が苦しむのを許せない正義感ゆえに理不尽な神の世界を否定するイワンの中にも小さなスメルジャコフがいて、ならず者のドミトリーはと言えば、聖者のようなアレクセイを凌ぐほどの「愛する力」を持っている。それぞれの心の中で、いつ「だれ」が優勢になるともわからない危うさ。

信仰が命じるままに万人を許し、どんな悲しみも受け止めて、罪深い家族にひたすら尽くそうとするアレクセイ。誰からも愛され頼られる彼の生き様は美しい。それゆえの苦しみはあっても、ここまでひとつの「真理」だけを信じきれたら、たとえばイワンやドミトリーと比べてかえって楽だろうと、憧れに似た羨望さえ覚える。にもかかわらず、私はよりイワンに好感を持つ。アレクセイやドミトリーのように、生まれついた宗教をあるがままに(言い方によっては盲目的に)信じることをせず、苦悩を伴っても、別の選択肢を模索するのもまた誠実の証だからだ。既製品ではないアイデンティティを追求するイワンに、私はどうしても共感してしまう。信じない兄を信仰で救おうとアレクセイが神を持ち出すたびに、イワンの苛立ちを共有するのである。異教徒ならなおのこと、他人の救われた魂について長々と聞きたい人など、そういるものではない。『イスラームから考える』のあとがきで、「できれば書きたくない本だった」と述べている裏にはそういう主義のようなものがあった。

一説によれば、ドストエフスキーがもう少しだけ長生きしていたら書いていたはずだった続編では、敬虔なアレクセイが革命家となり、皇帝を暗殺するという筋書きが用意されていたという。アレクセイの人生は、心の中に宿っていた「イワン」に乗っ取られるのだろうか。

小説を引用して現実を云々するのは本末転倒かもしれない。だが、今日はどんなに強く何かを信じていても、明日もその信念は決して揺るがないという保証はどこにもない。生まれながらの心理構造や人生経験にも左右されるから、心がけでなんとかなるものでもない。だからこそ多くのムスリムは、「私が死ぬときもムスリムでありますように」と毎日神に祈るのである。移ろいやすい心の領域である信仰と、自己と神との関係を、どうして活字にすることができよう。

では、そういう私がそもそもなぜ、『イスラームから考える』を書いたのか。

「自分が無神論者であることを神に感謝する」と言ったのは伝説的映画監督ルイス・ブニュエルだ。逆説的な台詞に込められたアイロニーや、キリスト教に対してアンビバレントな彼の作風はさておき、「無神論者だ」と公言し、その立場表明にコミットできる勇気というか、自信というか、楽天的な人生観に、恵まれた人は幸運だ。同様に、ひとつの宗教体系を全身全霊で信じ、その信仰によって自己の存在意義を完全に定義することにひとかけらの迷いもなく、生涯それを貫く強さを持って生まれた人もまた、幸運だ。私の父が、そういう人だった。

父はその信仰によって立派な人だった。同時にユーモアのセンス抜群で、周囲はいつも笑いに溢れていた。そんな親のもとで育ち、イスラーム文化にどっぷりつかって大きくなったにもかかわらず、私自身は、イスラーム共同体に対する帰属意識とか、ムスリムに対する同胞意識が薄い。異なる人種や国籍のムスリム同士が出会うとき、彼らは手放しに喜び、信仰の絆と同胞愛を確認し合う。これはイスラームにおいてもっとも人を惹きつける特徴のひとつだ。十九世紀初頭、アラブ人に扮して聖地メッカを訪れたスペイン人ドミンゴ・バディアは次のように書いている。「(肌の白い)チェルケス人が黒人に友愛の手を差し伸べ、インド人やペルシャ人がベルベル人を抱擁する。すべての人は創造主の前で平等なのだ。これほどにシンプルで、感動的で、壮厳な光景をもたらす宗教は他にない！」。ところが、私は少女の時から、非ムスリムよりムスリムに強く共感するということがなかった。これはもともと共同体意識が希薄なためで、イスラームそのものとは無関係なのだが、『イスラームから考える』執筆当時も、ほぼ十年が過ぎた今ほどではなかったにせよ、多くのムスリムの世界との関わり方、いや場合によっては神との関わり方にさえ、理解はしても共感はしていなかった(ちなみに、そういう人は、敬虔なムスリムの中にも少なくない)。従って私にこの本を書かせたのは、誰かが彼らを代弁しなければ、という使命感ではなかった。

私にとってイスラームは、十六億を超えるという世界中のムスリムと私を繋ぐ宗教ではない。父と私を繋ぐ宗教だ。父が全身全霊を捧げた宗教だからこそ、本来なら私が書くべきではないかもしれない本を、父のために書いたのだ、そう言ったら、読者に対して不誠実だろうか。とにかく「言うべきことはこの本で言い切った」という思いから、出版直後に受けた新聞などの取材依頼もお断りしたほどである。

イスラームは、世界でもっとも誤解された宗教だと言われる。確かにその通りで、一昔前までは、故意にイスラームのイメージを歪めてきた欧米の植民地主義や歴史家や芸術やメディアのせいにすればよかった。だが今は違う。世界中にムスリム・マイノリティが形成され、インターネットを通じて誰もが自由に発信し、コミュニケーションが取れるようになった今、ムスリム自身の責任はこれまでになく重大だ。その責任を立派に果たしているムスリムはたくさんいるし、世界もある程度はそういう人たちを受け入れ始めている。ロンドンがムスリムを市長に選ぶ時代である。ひとりひとりが変化を作れる環境が整ってきた現代世界では、ムスリムにもっとも必要なのは、もはや他者に向けた「代弁者」ではない。もしムスリムというアイデンティティを前面に出して二十一世紀を生きたいのであれば——たとえばヒジャーブはそのひとつの表象だが——、自らそのアイデンティティを時代に合わせて再構築しなければならない。

その過渡期である今、先端を行く人——たとえばロンドン市長のような——と、まったく乗り遅れている人——たとえば娘を共学の医大で学ばせる父親は地獄に落ちると説くサウジアラビアのテレビ説教師——のギャップが信じられないほど大きいこと、これがムスリムが直面する最大の問題だ。これは他者との対話で解決できる問題ではない。『イスラームから考える』を書いてから十年の間に、ムスリムと非ムスリムの相互理解という命題は新次元に突入し、橋渡しとしての私の役割は(本当にそういうものがあったとしても)ひとまず終わった。根強いムスリム・バッシングは悲しいが、ムスリム自身の責任も重大だ、と突き放しているのが今この段階での私の(ある種薄情な)スタンスだと言ってもいい。

そういうわけで、「こんな時代だからこそ、ムスリムの声にも耳を傾けなければならない」という道徳的観点から香歩さんが往復書簡を望んだとすれば、その相手として私は不適任だった。連載が始まってしまってから、「あれ、ちょっと違うな」とがっかりされては申し訳ない。そんな不安が先行した。私はどんな立ち位置で、いやそれこそ誰として、香歩さんと文通をすればいいのか。そのような迷いが、本書『私たちの星で』の第二回、私の最初の書簡から透けて見えてくる。少なくとも香歩さんの鋭い眼差しは、それを見抜いていた。きっとだからこそ、彼女はこう書いたのだ。

それに（私と同じく）共同体が苦手なはずのカリーマに、ああいう論陣を張らせた原動力は、このイスラームをめぐるぜんたいの成り行きに、内部の小さな少女が「It's not fair!」と叫び続けてどうしようもなくなったから、なのではない？

香歩さんの問いかけによって、「内部の小さな少女」がパパの信念に捧げた本だったことに思い至った。すると、その少女を卒業し、もうパパのいない世界に呼応して、新たな一歩を踏み出すべき方向性が見えてきた。誰として書けばよいか迷いがあった往復書簡はやがて、私たちの星で、今をどう生きるべきかを香歩さんとの対話を道標に探っていくと同時に、根無し草の私個人の居場所をより自由に再構築する、いわば自己再定義の旅ともなったのである。そのため、香歩さんの書簡に比べて、自分のことを書いた面積がやたらと大きいのが見苦しいが、今この瞬間に、自分が生きる社会や学校や会社や国に馴染めなくて孤独を感じている読者の方がいるなら、馴染めなくてもいいのだと開き直り、より広い世界で、より自由に自らの、香歩さんの言葉を借りるなら「個人としての佇まい」を、追求していくきっかけになれば、この上ない幸せだ。

個人的には、香歩さんと私の共通点は、宗教よりファンタジーだと思っている。普段はテロだの原理主義だのアラブの民衆運動だのと、すこぶる現実的なテーマにコメントすることが多い私だが、本当はストーリーテリングに憧れて物書きを目指したのだし、妖精が住む架空の世界で繰り広げられるファンタジーも大好きなのだ。中でも、従来の善と幸福の概念をひっくり返す、哲学的なひねりの効いたファンタジーには、いくつになっても心がときめく。赤ずきんちゃん、シンデレラ、ジャックと豆の木、ラプンツェルなどのおとぎ話の登場人物が一堂に会したブロードウェイ・ミュージカル『イントゥ・ザ・ウッズ』は、歌も台詞もほとんど暗記するほど舞台中継を繰り返し観て、悪役の魔女の言葉に多くを学んだ(バーナデット・ピーターズの演技があまりに魅力的だったので、最近のメリル・ストリープ主演による映画化には不満だ)。『桃太郎』なら、主人公より鬼に同情的な(これこそ学校の道徳の授業で教えるべき)芥川龍之介版にうっとりする。シェイクスピアの『テンペスト』に登場する空気の精エアリエルが実在しないなんて、本当に残念だ。いや心のどこかで実在すると信じているようなところさえある。文化と文化の境界線を越えるように、密かに異次元への境界線まで飛び越えられたら、どんなにいいだろう。香歩さんと私を結びつけるのは、実はそんな願望ではなかろうか。光溢れる香歩さんの『岸辺のヤービ』を閉じて枕元に置き、幸せな眠りにつきながら、そう思ったものだ。

香歩さんは、なんだか存在そのものが哲学的であると同時にファンタジックだ。小柄な香歩さんは黒いシックな服装を好まれるが、その瞳の輝きや、文学や生き物や料理について溢れんばかりの愛を込めて語る姿は、可憐な少女のようである。普段はやや斜に構えるクセのある私も、その姿を見ていると、いつの間にか無意識に素直になってしまう。私よりもずっと人生経験が豊富で、ずっと多くのことをご存じで、ずっと深く物事を見つめている香歩さんが、それでも善を信じ人生を愛している姿を見ていると、私が後ろ向きでいることはまったく受け入れられない怠慢に思えてくるのだ。

それは、本作における私の文章の変容にも表れている。最後の手紙でも書いたが、普段の私はどちらかというと悲観的で、厭世的な物言いばかりして親に叱られているのだ。ところが香歩さんとのやりとりでは、自分でも驚くほどポジティヴになれる。香歩さんの浄化作用で視界が明るくなり、今そこにある問に、幸せな答を見出そうという力が無意識に働くのだ。第一信から最後の第十信へ至る過程で、人生と向き合う私の姿勢が徐々に前向きなものに変わっていくのに、気付かれた読者の方も多いのではないだろうか。

地方で生まれ育ったある七十代の女性がこんなことを言っていた。「高校生のころは、『赤毛のアン』を夢中になって読んだわねえ。海の向こうのカナダが舞台とはいえ、同じ田舎の物語なのに、日本の田舎で私を苦しめていた人間関係や世間のしがらみといったものがないことが、羨ましくてたまらなかったのよ。私は、あちらの暮らしの方が向いているんだ、ってね」。逆に、こんなことを言う友人もいる。「私が白人に生まれたのは、何かの間違いだとずっと思っていた。私は、アジア人に生まれるべきだったのよ」。

どんなにストーリーに引き込まれても、登場人物に共感しても、その物語の世界にいる自分を想像できない寂しさがある。でもファンタジーは違う。誰の祖国でもない空想の世界では、帰属の境界線が溶解する。作者を含め、すべての人が対等に自己を定義し、自由に居場所を選び、物語が呈するシンボリズムを自分のこととして内面化できる場所なのだ。イスラーム世界に対する強烈な偏見にもかかわらず、十八世紀のヨーロッパ人が『千夜一夜物語(アラビアン・ナイト)』に夢中になったのも、ファンタジーが持つ、帰属の境界線を溶かす力の成せる技だったのに違いない。

でも、本当に私たちはファンタジーの中でしか、自己構築型のアイデンティティを手に入れることができないのだろうか。

エジプトの著名な作家タウフィーク・アル・ハキームはこう書いた。馬や鹿のような動物は、生まれ落ちてすぐに立ち上がり、誰に教えられたわけでもないのに、母の乳を飲む。一方、ヒトの子は教えられなければ何もできず、独り立ちするのに大変な時間がかかる。生きるための知恵を生まれながらに持っている動物や鳥や虫と違い、なんの知恵も持たずに、白紙状態で生まれてくる。この違いの意味するものはなにか。選択の自由の有無である、そうハキームは書く。馬は生きる糧も生きる目的も自ら選択することはできない。あらかじめ定められた通りに立ち上がり、定められた通りの好物を食べて成長し、定められた通りに走る。人間は違う。白紙状態とはすなわち、自由ということなのだ。

「鳥のように自由に飛んで行けたらいいのに……」。一度でも閉塞感を味わったことがある人なら誰しも、空を見上げてそう思った経験があるだろう。しかし、ハキームによればそうではない。飛ぶしか選択肢がない鳥よりも、私たちの方が自由なのだ。

肉体の限界や、社会のルールや、おのおのの経済力や、国境などの制約に縛られる私たちが、「鳥より自由」という運命を全うするためには、どう生きるべきなのか。私は、アイデンティティを世襲制でなく独創制ととらえることにこそヒントがあると思う。日本人が日本に背を向けるということではない。「日本人」が「私」を定義するかわりに、個々の「私」が「日本人」を定義し、それを次から次へと塗り替えていくのだ。「私は誰か」という問いの答えは出自にかかわらず自由であると自覚すれば、誰もが自分の本当の居場所を見つけることができるはずだと私は思う。たとえ今いる場所から動くことができなくても、答えは必ずどこかで待っている。私たちの星のどこかで。それを見つけるために私たちは本を読み、ファンタジーを愛し、旅をする。

香歩さんとの出会いのきっかけを作ってくれた『イスラームから考える』をこの機会に斜め読みしてみると、時がもたらす変化を実感する。なにしろ、翻訳は嫌いだなどと書いている。本書では、翻訳は楽しすぎて中毒になると豪語しているのに。だが、思いがけない変化は往復書簡開始から二年足らずの間にも起こった。初信では「日本批判と受け止められるような発言は避けている」と言ったが、東京新聞にコラムを書くようになって、そうもいかなくなった。もう渡り鳥だの境界線上のブルースだのと言って逃げているわけにはいかない。読者と同じ大地を踏みしめることなく、中立の安全地帯で書いたコラムになんの価値があろう。だが、これといった資格も肩書もない人間が、カタカナの名を名乗り、いつ誰の怒りに触れて虫けらのように踏みつぶされるとも知れずに新聞で意見するというのは、実に孤独で、心細い行為である。開始から半年以上経った今も不安は消えない。そんな私を初回から励まし続けてくださったのが、香歩さんだった。私にとってその存在の大きさは測り知れない。この往復書簡を通して、生涯の師と友を同時に得ることができた幸運を胸に刻むとともに、その機会を作ってくださった岩波書店の藤田紀子さんに、言葉にならないほどの深い感謝を、ここに捧げたい。

梨木香歩

1959年生．作家．小説に『西の魔女が死んだ 梨木香歩作品集』『丹生都比売 梨木香歩作品集』『沼地のある森を抜けて』『家守綺譚』『冬虫夏草』(以上，新潮社)，『村田エフェンディ滞土録』(角川書店)，『f植物園の巣穴』『椿宿の辺りに』(以上，朝日新聞出版)，『ピスタチオ』(筑摩書房)，『岸辺のヤービ』(福音館書店)，『僕は，そして僕たちはどう生きるか』(理論社，のち岩波現代文庫)，『海うそ』『ほんとうのリーダーのみつけかた』(以上，岩波書店)など，エッセイに『渡りの足跡』『エストニア紀行』(以上，新潮社)，『水辺にて』(筑摩書房)，『炉辺の風おと』(毎日新聞出版)などがある．

師岡カリーマ・エルサムニー

1970年生．文筆家．東京で日本人の母とエジプト人の父との間に生まれる．カイロ大学政治経済学部卒業後，ロンドン大学で音楽を学ぶ．現在，執筆活動の傍ら，NHKラジオ日本でアラビア語放送アナウンサーを務め，複数の大学で教鞭を執る．著書に『恋するアラブ人』『イスラームから考える』『変わるエジプト，変わらないエジプト』(以上，白水社)など，訳書に『危険な道』(白水社)がある．東京新聞と『世界』でコラムを連載中．

私たちの星で

2017年9月7日 第1刷発行
2021年1月25日 第4刷発行

著 者 梨木香歩《なしきかほ》
師岡《もろおか》カリーマ・エルサムニー

発行者 岡本 厚

発行所 株式会社 岩波書店
〒101-8002 東京都千代田区一ツ橋2-5-5
電話案内 03-5210-4000
https://www.iwanami.co.jp/

印刷・三陽社 カバー・半七印刷 製本・松岳社

ISBN 978-4-00-061217-3 Printed in Japan